Muttergift

Helena Kugele

Muttergift

Novelle

© 2019 Kugele, Helena
Herstellung und Verlag: BoD – Books on Demand, Norderstedt
ISBN: 9783734787881

All rights reserved.
Das Werk, einschließlich seiner Teile, ist urheberrechtlich geschützt. Jede Verwertung ist ohne Zustimmung des Autors unzulässig. Dies gilt insbesondere für die elektronische oder sonstige Vervielfältigung, Übersetzung, Verbreitung und öffentliche Zugänglichmachung.

Alle in diesem Buch geschilderten Handlungen und Personen sind frei erfunden. Ähnlichkeiten mit lebenden oder verstorbenen Personen wären zufällig und nicht beabsichtigt.

Im Schatten sah ich
Ein Blümchen stehn,
Wie Sterne leuchtend,
Wie Äuglein schön.

Ich wollt' es brechen,
Da sagt' es fein:
Soll ich zum Welken
Gebrochen sein?

Johann Wolfgang von Goethe

Das Wiedersehen

Thilo strich über die glatte Oberfläche des Sekretärs und spürte sofort den Makel, der sich in der Mitte der Eichenplatte nach innen wölbte, wie eine krumm gebogene Wirbelsäule. Jemand musste mit einem Werkzeug eine Kuhle hineingearbeitet haben, vielleicht ein Kind. Thilo hatte nicht gefragt. Er fragte nie viel. Die Auftraggeber wollte er nicht kennen. Er wollte nur seine Arbeit tun, alleine, nur er und die alten Möbel, die er restaurierte.

Tischler hatte er gelernt und seine ehemalige Frau hatte er am Theater getroffen.

Als Assistentin des Regisseurs hatte sie ihm die Anweisungen für das Bühnenbild gegeben. Schon gleich hatte sie ihn gefragt, ob er mit ihr etwas essen gehen wollte, direkt nach der Arbeit. Sie lächelte bezaubernd und ihr rotblondes Haar glänzte im Bühnenlicht. Eine Woche später war er zu Hause ausgezogen, hatte seine Mutter verlassen.

Thilo begann, die Kuhle auszubohren, vervollständigte das Loch und wählte dann mit Bedacht ein Holzstück aus, das der Maserung des Sekretärs ähnlich war. Er drechselte es zu einem Zylinder, bis es die exakte Größe hatte, um das Loch zu verschließen.

Er befühlte sein Werkstück und verlor sich in der Maserung des Holzes. Das Holz war warm. Für einen Moment hielt er es sich an die Wange und spürte. Dabei wurde seine Atmung langsam und er hörte ein gleichmäßiges Rauschen in seinen Ohren, bis er von einem schrillen Läuten an der Tür aufschreckte, das seinen Körper regelrecht durchdrang.

Seine ganze Aufmerksamkeit, die er auf das Holz konzentriert hatte, zerbarst wie unter einem Blitzschlag. Das Geräusch dröhnte in seinem Kopf. Er wollte die Einigkeit mit sich und dem Holz nicht aufgeben. Mit Widerwillen ging er zur Tür, umfasste die Klinke. Er konnte durch das schmale Fenster an der Seite niemanden erkennen.

Es klingelte noch einmal. Mit einem Ruck öffnete er die Tür seiner Werkstatt mit Wohnung im Hinterhof.

Er musste nicht nachdenken. Seit fast genau drei Jahren hatte er sie nicht mehr gesehen, alle beide, seine Frau Vera und seine Tochter.

Vera, der Name fuhr in seinen Bauch, wo er als Angst explodierte. Die Angstpartikel klebten wie heißer Teer in seinen Eingeweiden.

Vera war hübsch wie immer und irgendwie schien sie rosiger, lebendiger zu wirken als zu der Zeit, in der sie mit ihm zusammen war. Er hatte sie unglücklich gemacht.

Thilo starrte seine Tochter an. Milena war inzwischen dreizehn Jahre alt. Ihre roten Haare standen noch wilder und länger ab als an jenem Tag, an dem sie mit ihrer Mutter ausgezogen war.

Mit einem förmlichen ‚Auf Wiedersehen' hatten sie sich wie Erwachsene verabschiedet.

Dabei liebte er sie mehr als alles auf der Welt, aber er mochte es nicht, wenn sie ihn anfasste. Ab dem Tag, an dem sie das Laufen lernte, hatte er es vermieden, sie zu berühren.

Vera hatte sie ihm weggenommen.

Erst später hatte er geweint, trotz des Wissens, dass es besser wäre, wenn er seine Tochter nicht mehr sah, weil er ihr nur schaden würde.

Milenas dürre Beine steckten in schwarzen Jeans und sahen darin aus wie die Äste des kahlen Baumes hinter ihr. Starr durchzogen die Zweige den blassgrauen Himmel. Der Baum schien Milena zu bedrohen. So eine lange Zeit konnte Thilo seine Tochter nicht beschützen.

Sie war ihm fremd geworden. Am liebsten hätte er wieder darüber geweint, aber er wollte seinen Schmerz nicht zeigen.

Milenas Haare hüpften, und sie schrie: „Sie will mich loshaben."

Ihre türkisfarbenen Augen funkelten aus ihrem Gesichtchen. Die Wut schien nicht neu zu sein. Das was jetzt geschah, musste eine weitere Demütigung in einer Reihe von stetigen Verletzungen sein.

Trotzdem klammerte sie sich an ihre Mutter, denn sie war ein Kind, auch wenn sie wütend war.

Vera presste die Hände gegen den Oberkörper ihrer Tochter und versuchte, das Mädchen von sich wegzuschieben.

„Du solltest dich nicht mehr in meiner Nähe aufhalten, sonst könnte es sein, dass ein Unglück geschieht", sagte Vera, doch Milena klammerte sich nur fester um Veras Taille.

Thilo flüsterte: „Es ist nicht gut, wenn sie da ist. Das hattest du damals selbst gesagt."

Vera stellte eine umgehängte Reisetasche in den Türrahmen.

„Ich weiß nicht, was mit ihr los ist", sagte sie nach oben zu Thilo, der einen Kopf größer war als sie. „Sie ist überhaupt nicht mehr brav. Tut nicht, was ich sage. Ich will sie nicht länger bei mir haben."

Wieder versuchte sie, Milena von sich wegzuschieben.

Thilo wurde heiß. „Du kannst sie nicht hierlassen."

Vera wehrte Thilo mit erhobenen Handflächen ab. „Jetzt kannst du dir die Zähne an ihr ausbeißen. Sie ist genauso verkorkst wie du."

„Sie kann nicht hierbleiben", wiederholte er verzweifelt.

Seine Stimme verhallte ungehört und verfing sich in den schwarzen Ästen des Baumes.

Vera stieß Milena zu Boden. Thilo blickte auf das weinende Mädchen, das sich von ihm abwandte und auf allen vieren in die Wohnung kroch.

Hinter sich hörte er nur noch das Klappern der Absätze von Veras Schuhen. Er drehte sich um und sah, wie sie zum großen Hinterhoftor auf die Straße hinausging.

Thilo rannte Vera nach, raus aus seiner bis gerade eben noch sicheren Werkstatt. Er wollte ihren Namen rufen, aber das konnte er nicht, nicht so laut und nicht so, dass es alle hörten.

Fast hatte er sie eingeholt. Sie drehte sich zu ihm um. Er stoppte. Ihm fielen ihre schmalen Schultern auf, welche die Last des Lebens nicht tragen konnten.

„Lass mich in Ruhe", spie sie ihn an und schlug ihm gegen den Brustkorb, dass er den Atem ausstieß.

Ein Mann in einem Auto hatte auf sie gewartet. Sie stieg zu ihm in den Wagen und er startete den Motor.

Kurz blickte der Mann zurück. Thilo sah ihm in die Augen, dann wich er dem Blick seines Nachfolgers aus.

Thilo bohrte seine Fingernägel in die Handballen, bis der körperliche Schmerz endlich größer war als die Erniedrigung, dass Vera noch immer über sein Leben bestimmte. Sie nahm ihm Milena weg oder gab sie ihm zurück, wie es ihr passte. Nie fragte sie, was er fühlte.

Er fror. Er zitterte.

Es nutzte nichts, Angst zu haben. Er musste nach Milena sehen und für sie da sein. Sie war zu ihm zurückgekommen, weil sie es musste. Er freute sich darüber, sein Mädchen zurückzuhaben, aber die Freude konnte er nicht zulassen. Es war nicht gut, dass sie bei ihm war. Was, wenn er ihr wehtat?

Mit steifen Schritten ging er zurück in die Werkstatt.

Alte Blätter, die noch vom Herbst übriggeblieben waren, wehten in sein ausgekühltes Zuhause.

Thilo legte dicke Holzscheite in seinen Kachelofen und beobachtete, wie die Flammen von dem rötlichen Buchenholz Besitz ergriffen.

Der Auftrag im Theater damals hatte sein Leben verändert. Der Bühnenbildner hatte eine Sommergrippe bekommen. Vera kennenzulernen war purer Zufall gewesen. Jetzt hatte er seit dreizehn Jahren eine Tochter und kein bisschen Hoffnung, dass er ihr gerecht werden könnte.

Von oben drang ein Schluchzen unter dem Türschlitz hindurch. Es floss tropfengleich die Stufen hinab und bildete um Thilos Füße eine traurige Pfütze Kinderleid. Er machte einen Schritt heraus aus der Pfütze, doch sie ging mit ihm, waberte über den Fußboden, kroch an ihm hinauf. Was sollte er nur mit diesem traurigen Kind tun?

Das Feuer loderte im Ofen. Thilo nahm Milenas Tasche mit nach oben und sah in das Kinderzimmer.

Seine Tochter saß auf dem Bett und drückte innig ihren alten Lieblingsteddybären, der so aussah, als hätte er all die Jahre geduldig auf sie gewartet. Die Farbe des kleinen Bären aus Milenas Kindertagen bot einen schrillen Kontrast zu ihrer schwarzen Kleidung.

Mit tränenüberströmten Wangen sah sie auf. „Mama hat Frido einfach nicht eingepackt. Einmal war ich nach der Schule hier und wollte ihn holen, aber du warst nicht da. Sie machte mir einen Riesenstress, weil ich zu spät von der Schule nach Hause kam und quetschte mich so lange aus, bis ich zugab, dass ich bei dir war. Am nächsten Tag kaufte sie mir einen anderen Bären. Den habe ich dem Nachbarjungen geschenkt. Da war sie wieder sauer." Plötzlich warf sie Frido voller Verachtung auf den Boden. „Jetzt bin ich zu alt für so einen Kinderkram."

Sie schniefte und wischte ihre Tränen aus dem Gesicht.

Thilo nahm den Teddybären auf seinen Arm und setzte sich auf den Schaukelstuhl, den er für Vera gebaut hatte, damit sie das kleine Mädchen, das sie geboren hatte, bequem stillen konnte. Unter seinen Füßen spürte er durch seine warmen Strümpfe das glatte Holz des Bodens.

Ein wenig Sicherheit gab ihm das Holz, der feste Boden.

Trotzdem drehte sich der ganze Raum um ihn, und das nur, weil seine Tochter hier ganz dicht bei ihm auf dem Bett saß und ihm ihre Probleme erzählte. Dazu war ein Vater da und er wollte für sie da sein, nur schaffte er es kaum.

In den Jahren, die er allein verbracht hatte, hatte er die Gefühle seiner Andersartigkeit, seiner Angst vor Nähe vergessen. Seitdem Milena da war, drängten sie sich auf wie Schmeißfliegen, die um einen Kadaver kreisten.

Zittrig streichelte er das Kuscheltier, als er mit Milena redete.

„Ich hätte ihn dir gerne gebracht, aber ich wusste nicht, wo ihr wohnt."

Sie verschränkte die Arme. „Das hast du dich nicht getraut."

„Ich wollte deiner Mutter nicht nachspionieren", verteidigte er sich und bemerkte nicht, dass es um Milena und nicht um Vera ging.

Das Mädchen rückte an den Bettrand und setzte ihre Füße auf den Boden. Sie wollte wütend sein und hart, aber Thilo spürte ihre verzweifelte Traurigkeit.

Sie war ein stilles Kind damals, aber nicht traurig. Erst als sie mit ihrer Mutter gegangen war, da hatte er eine Veränderung in ihren Augen entdeckt. Sie hatte ihn nur angesehen, die ganze Zeit angesehen, bis Vera sie an der Hand aus dem Haus gezogen hatte.

Milena sah auf den Boden des Kinderzimmers. Sie breitete ihre dünnen Arme aus, als klagte sie Gott an.

„Immer muss ich machen, was sie will. Sonst tickt sie aus."

Ihre blasse Haut schimmerte rosarot.

Thilo schluckte. Er kannte Vera nicht anders. Genau so war sie. Er rieb über seine Handballen. Die Abdrücke der Fingernägel hatten sich blau verfärbt.

Frido purzelte von Thilos Schoß zu Boden.

„Und was hast du Falsches getan?", fragte Thilo und räusperte sich.

„Ihr passt gar nichts an mir." Milena blinzelte und sah dann trotzig auf. „Es ist mir egal. Sie ist mir egal."

Thilo begann, zu schaukeln, zuerst leicht, dann wippte er immer wilder auf dem Stuhl.

Milena starrte ihn an. Thilo stoppte. Er schämte sich für sein sonderbares Verhalten, das ihm ein wenig Erleichterung verschafft hatte. Seine Tochter sagte einfach, was sie fühlte. Das machte ihm Angst.

Er lächelte schief und lenkte ab. „Jetzt, da du erwachsen wirst, möchtest du dein Zimmer so lassen oder soll ich etwas umbauen? Vielleicht möchtest du auch andere Möbel, ein neues Bett? Wir können auch die Spielsachen auf den Speicher räumen."

Milena nickte, richtete ihren Blick aus dem Fenster und tauchte ihn in den weißen Himmel hinein.

„Aber zuerst fahren wir ans Meer. Da bin ich frei, so frei wie das wilde Meer. Und ich darf machen, was ich will."

Schon öfter wurde ihr Wunsch übergangen. Das hörte Thilo an ihrer trotzigen Stimme, die in Erwartung der erwachsenen Antwort sich bereits im Vorfeld widersetzte.

Und auch er wusste nichts Besseres zu sagen.

„Das geht jetzt nicht. Du hast doch Schule und es ist auch viel zu kalt."

Milena stand vom Bett auf.

„Typisch Erwachsene, immer eine Ausrede haben. Sei es die Arbeit, die Schule oder das Wetter. So ein Unsinn. Dem Meer ist das alles egal. Es ist immer für uns da. Ihr spinnt doch, als ob irgendetwas wichtiger wäre als das Meer."

Thilo lauschte den weisen Worten seiner Tochter.

„Du hast recht, aber so überstürzt geht das nicht. Wir müssen das planen."

Sie rollte ihre funkelnden Augen und zog ein Schnütchen. Dann wandte sie sich von ihrem Vater ab und sah ihr altes Regal durch, auf dem staubfrei ihre Schneekugel und ein paar Bilderbücher standen.

„Für dich muss das alles lange her sein", sagte Thilo. „Ich kann mich noch an jedes Detail von dir erinnern."

Milena nahm die Schneekugel herunter und schüttelte sie. Darin fing ein kleines Mädchen manche der goldglitzernden Flöckchen mit seinem Hemdchen auf.

„Das Märchen vom Sterntaler", meinte Thilo, „das habe ich dir immer vorgelesen."

Das Mädchen hatte auch keine Eltern, dachte er.

Milena schüttelte die Schneekugel mit dem Goldschnee noch einmal und wartete, bis alle Flocken herabgeregnet waren. Dann stellte sie die Kugel zurück.

Ihr Gesicht verfinsterte sich. „Du musst zu meiner Lehrerin in die Schule."

Thilo umklammerte die Armlehnen des Schaukelstuhls.

„Wieso? Was soll ich da? Auf welcher Schule bist du jetzt?"

„Immer noch auf der gleichen." Milena schüttelte den Kopf. „Dorthin hättest du Frido auch bringen können, aber du hast Angst vor Vera."

Sie hatte nicht Mama gesagt. Sie hatte ihre Mutter beim Vornamen genannt. Das erschreckte Thilo und die Wahrheit, die sein kleines Mädchen aussprach, erschreckte ihn noch mehr.

Milena kletterte auf ihr Bett, als wäre sie viel kleiner und jünger. Sie zog ihre Beine heran und umschloss sie fest mit ihren Armen.

Sie redete in ihre Knie. „Die Lehrerin wird dir erzählen, dass mit mir etwas nicht stimmt. Das macht sie immer so. Vera ist froh, wenn sie nicht mehr zu der muss." Sie lachte wie ein Kind nicht lachen sollte, gehässig und fast schon bitter.

Thilo fühlte einen Druck auf den Schläfen. Er wollte da nicht hin. Er wollte nicht zur Schule. Er wollte nicht mit einer Lehrerin sprechen und schon gar nicht über sein Kind und sich selbst.

Als läge ein Bleigewicht auf seinen Schultern, drückte er sich nach oben.

„Ich muss sehen, wann ich Zeit habe.", nuschelte er.

„Das ist morgen Vormittag."

Thilo nickte und verließ das Kinderzimmer, das keines mehr war.

Die Nacht

Milena aß am Tisch zu Abend. Thilo sortierte währenddessen den Kühlschrank und nahm ein paar Happen Käse.

Sie redeten nicht viel. Er wusste nicht, was er sie fragen sollte und von ihm gab es ohnehin nichts zu erzählen.

Er dachte darüber nach, was Vera damals mehrfach wiederholt hatte. Er, Thilo, sollte sich nicht an ihr festklammern, sie könnte und wollte ihn nicht retten. Er hatte keine Ahnung, wovon sie gesprochen hatte.

„Ich gehe hoch", meinte Milena.

Sie wischte sich den Mund ab und ließ alles stehen.

Thilo räumte ihre Reste vom Tisch und spülte das Geschirr ab.

Er sah zu den schwarzen Scheiben. Das Draußen war nicht mehr da. Verschluckt von der Dunkelheit, hörte Thilos Welt an den Fenstern auf.

Wahrscheinlich versuchte Milena, zu schlafen. Er musste leise sein, wenn er noch arbeiten wollte und das wollte er. Vor zehn Uhr abends hörte er selten in seiner Werkstatt auf.

Thilo schloss den Geschirrschrank und ging hinüber zu dem Sekretär, mit dem er heute Morgen begonnen hatte.

Mit einem feinen Schmirgelpapier glättete Thilo den reparierten Teil der Oberfläche und ging dann mit etwas Klarlack darüber.

Thilo hatte schon lange nicht mehr nachmittags seine Arbeit ruhen lassen. Das machte ihn nervös. Milena brachte ihn aus seinem klaren Konzept. Arbeiten, unterbrochen von Mahlzeiten und Schlaf.

Er hielt den Schein einer Lampe noch einmal dicht an die Oberfläche des Sekretärs und war zufrieden mit dem vorläufigen Ergebnis. Morgen würde er den zweiten Anstrich vornehmen.

Jetzt reparierte er die Schublade, die ihm eine ältere Dame hatte bringen lassen. Das würde auch nicht zu laut sein. Milena brauchte ihren Schlaf.

Er drehte das Schubfach um und entfernte die Randleisten, die erneuert werden sollten. Vorsichtig zog er die kleinen Nägel heraus. Vertieft in eine scheinbar heilsame Tätigkeit, drang ein Schrei in ihn hinein.

Milena rief nach ihrer Mutter. Schnell rannte Thilo die Treppe hinauf. Er wusste nur zu gut, wie es war, allein als Kind im Bett zu liegen und Angst zu haben, einfach Angst. Die Fesseln, die einen festbanden, dass man sich nicht mehr regen konnte, nicht wehren konnte, nicht weglaufen.

Panisch riss er die Tür auf. Sein Herz klopfte.

„Was ist denn?" Seine Stimme überschlug sich.

Milena starrte ihn an und weinte.

Er musste doch ruhiger sein, dem Kind helfen, ihm Kraft geben. Noch immer schnaufte er aufgeregt. Langsam ging er zu Milena und machte ihre Nachttischlampe an, die mit ihrem Lichtkegel nur in einem kleinen Bereich der Dunkelheit trotzte. Thilo sah das nassgeweinte Kopfkissen und gab Milena ein Papiertaschentuch aus seiner Arbeitshose, damit sie ihre Tränen trocknen konnte.

Das Mädchen schnäuzte hinein und wirkte viel jünger, fast so klein, wie sie ihn damals mit ihrer Mutter verlassen hatte.

„Ich will zu dir ins Bett", forderte sie.

„Das geht nicht", sagte er schnell und viel zu hart.

Dann versuchte er, freundlicher zu sein: „Ich bleibe lieber hier sitzen, hier auf dem Schaukelstuhl. Von da kann ich viel besser auf dich aufpassen."

Frido, der kuschelige Bär war aus dem Bett gefallen. Thilo nahm ihn auf und bot ihn Milena an. Sie griff nach ihm, nahm ihn fest in die Arme, so fest, dass sein weicher Körper nachgab und sich der Kopf nach hinten bog.

Thilo zeigte auf den nassen Fleck auf dem Kissen und fragte unsicher: „Soll ich dir ein anderes Kopfkissen bringen?"

„Nein." Ihr Stimmchen war klar und zerbrechlich.

Mit Frido im Arm drehte sie sich zur Wand um. Thilo sah nur noch ihre roten, wilden Haare, umrandet von dem grünen Überzug mit den bunten Wichteln darauf.

Er setzte sich auf den Stuhl, löschte das Licht und beobachtete seine Tochter, wie sie schon bald wieder in einen unruhigen Schlaf fiel. Sie schob ihre Decke zur Seite, drehte sich auf den Rücken. Mit offenem Mund atmete sie schnell, ihre dünnen, weißen Arme leuchteten im Halbdunkel des Zimmers. Der Mond schien blass durch die hellen Vorhänge.

Thilo holte sich eine Wolldecke aus dem Schrank. Er wickelte sich ein und starrte auf Milena, bis auch ihm die Augen zufielen.

Am nächsten Morgen kroch die Dämmerung durch die Vorhänge und Thilo schreckte auf. Er hörte seinen Wecker von drüben im Schlafzimmer klingeln.

Er musste sich zuerst räuspern, damit er reden konnte. „Was möchtest du frühstücken?"

„Nichts", krächzte sie zurück.

Er ließ sie und ging nach unten, wo er einen Tee für sie beide kochte und Haferflocken mit Milch erhitzte.

Milena kam in ihrem Schlafanzug herunter. Sie fror in dem kurzärmeligen Oberteil und Thilo heizte den Holzofen an. Schnell löffelte sie das Essen in sich hinein. Den Tee schlürfte sie mit großen Schlucken aus einer Tasse, die sie mit beiden Händen umschloss.

Er beobachtete sie, hinter seiner Küchentheke stehend, und nahm nur ein paar Schlucke Tee.

„Ich komme mit zur Schule", meinte er zittrig. „Du weißt doch, der Termin bei der Lehrerin."

Milena rollte die Augen. Immerhin war sie wach genug, um genervt zu sein.

Die Lehrerinnen

Es waren keine fünfzehn Minuten mit der U-Bahn zur Schule. Er hatte Milena schon in der ersten Klasse begleitet, auch noch, als sie den Weg bereits kannte. Sie hatte noch Angst gehabt, und Thilo hätte sie weiterhin gebracht, aber Vera war dagegen gewesen. Nach ihrer Meinung sollte Milena selbstständig werden.

Die ersten Wochen, nachdem seine Frau mit seiner Tochter ausgezogen war, hatte er Milena noch einige Male aus der Ferne beobachtet, wie sie in die Schule ging. Doch irgendwann hatte er auf damit aufgehört.

Es ging ihr gut, dachte er. Es war besser, wenn er sich fernhielt und er wollte auch nicht riskieren, Vera über den Weg zu laufen. Sie hatte doch deutlich gesagt, er sollte sie und Milena in Ruhe lassen.

Der Weg zur Haltestelle mit ihr zusammen war ihm noch so vertraut und doch lag es Welten zurück, als Milena sich bei ihm noch sicher gefühlt hatte. Dabei war doch er die Gefahr für sie, und obwohl er sich ferngehalten hatte, war sie wie er geworden, hatte Vera gesagt.

Kurz drückte er auf seine Augen, damit niemand seine Tränen sehen konnte, und blinzelte, bis das Wasser nicht mehr seine Sicht trübte. Er blickte auf Milena, die neben ihm ging und zu Boden starrte.

Er hatte ihr ein Vesperbrot eingepackt, einen Apfel und den restlichen Tee vom Frühstück. Den Tee hatte er in eine kleine Thermoskanne geschüttet, die er normalerweise mitnahm, wenn er rausfuhr, alleine, ins Grüne, um dort den Himmel zu sehen. Das machte er manchmal sonntagnachmittags, wenn er nicht mehr genug Arbeit für den Abend hatte. Dann spazierte er ein Stündchen am Fluss entlang.

Wortlos liefen sie nebeneinander her. Milena hatte Kopfhörer aufgesetzt. Als sie noch klein war, hatte sie den ganzen Tag und auch schon früh um sechs geplappert.

Sie sah wieder aus wie die Dreizehnjährige, die sie war und wirkte fast noch älter. Nichts erinnerte mehr an das ängstliche Mädchen von heute Nacht.

Jetzt war er der ängstliche Vater von heute Morgen. Der Gedanke an die Lehrerin schnürte ihm die Kehle zu. Zur Ablenkung zählte er die Autos, aber in dieser Ecke der Stadt waren um diese Uhrzeit nicht genug Pendler unterwegs, dass es ihn ausreichend zerstreut hätte.

Thilo zeigte auf die Treppenstufen unterhalb des U-Bahn Schildes.

Milena hüpfte die Stufen hinunter. Normalerweise fuhr Thilo höchstens am Sonntag mit der Bahn zu seinem Ausflug ins Grüne, aber am liebsten vermied er es komplett.

Heute folgte er seiner schnellen Tochter, wenn er auch nicht so wendig die Treppe hinunterrannte wie sie. Er hatte Schwierigkeiten mit ihr Schritt zu halten. Ein grauhaariger Mann mit einem Hund an der Leine kreuzte seinen Weg und er stolperte fast.

Am Fahrkartenautomaten versuchte eine Frau, ein Ticket zu ziehen. Sie tippte immer wieder auf den Bildschirm, der nicht reagierte oder nicht so, wie sie sich das vorgestellt hatte. Sie fluchte und brach den Vorgang immer wieder ab. Thilo wartete hinter ihr.

Milena war weitergegangen. Sie hatte nicht bemerkt, dass er zurückblieb, und stellte sich an den Bahnsteig. Er konnte sie noch sehen.

Sie hatte ihre Kopfhörer abgezogen und drehte sich hin und her. Offensichtlich suchte sie ihn.

Der Zug fuhr ein. Vor ihm fluchte die Frau immer lauter über den Automaten. Sie machte den Fehler, nicht die Maschine, erkannte Thilo, aber er konnte sie nicht einfach ansprechen.

Milena rief laut durch die Menschen: „Fahr doch einfach schwarz!"

Sein Herz schlug bis zum Hals. Seine Tochter verschwand in der Bahn.

Thilo rannte los und schaffte es gerade noch in den Waggon, bevor der Zug seine Türen schloss.

Milena hatte ihm einen Platz freigehalten und er setzte sich neben sie.

Thilo starrte aus dem Fenster gegen die Betonwände, die sich bei der Anfahrt zu bewegen schienen und dann immer schneller wurden. Der Zug raste durch den Untergrund.

Es waren nur zwei Haltestellen, dann mussten sie schon raus. Trotzdem konnten Kontrolleure zusteigen. Sie würden ihn erwischen, dicht bei ihm stehen und ihn vor aller Augen aus dem Zug führen. Thilo atmete schneller.

Der Mann neben ihm roch nach gedünsteten Zwiebeln, als hätte er heute Morgen darin gebadet. Hinter sich nahm Thilo ein Duschgel wahr, das in verschwenderischer Menge aufgetragen worden war. Ihm wurde übel von den viel zu dicht bei ihm sitzenden

Menschen. Er presste die Oberschenkel zusammen.

Das bevorstehende Gespräch mit der Lehrerin erhöhte die Spannung in seinem Körper. Was wollte diese Fremde von ihm? Seine Exfrau war der Meinung, der Charakter von Milena wäre so verkorkst wie sein eigener. Thilo sah zu seiner Tochter hinüber. War sie das? Verkorkst? Ob die Lehrerin ihm das auch vorwerfen würde?

Die Bahn fuhr hoch ans Tageslicht, aus dem Untergrund zurück in die Stadt. Es war wieder hell um diese frühe Uhrzeit und doch hatte sich der Frühling mit seinem neuen Leben noch nicht durchgesetzt.

Geräuschvoll öffneten sich die Türen und Passagiere fluteten die Bahn.

Thilo drückte sich vom Sitz hoch, damit er besser auf den Bahnsteig sehen konnte, denn er glaubte, zu erkennen, wie ein Kontrolleur aussah. Jeden einzelnen der hineinströmenden Menschen durchleuchtete er, als hätte er jetzt noch fliehen können.

Seine Augen flimmerten. Er musste sich beruhigen. Seine Tochter saß schließlich neben ihm.

Die Bahn fuhr weiter. Keine Kontrolleure prüften die Passagiere. Thilo ließ sich auf seinen Sitz zurückfallen.

Milena hatte seine Aufregung nicht mitbekommen. Ihre Augen waren geschlossen und sie hörte Musik. Er wusste nicht, ob sie inzwischen Hip Hop oder Heavy Metal liebte. Eigentlich wusste er nicht mehr viel von ihr.

Was sollte er der Lehrerin nur sagen? Ich habe meine Tochter seit drei Jahren nicht gesehen. Seit gestern Abend wohnt sie wieder bei mir, weil ihre Mutter sie nicht mehr will?

Ich habe keine Ahnung von pubertierenden Mädchen, könnte er der Lehrerin noch eröffnen oder dass er sonst nur sonntags das Haus für ein oder zwei Stunden verließ.

Gut, dass er nicht zum Plaudern neigte.

Seine Hände waren feucht. Milena tippte ihn am Knie an. Er erschrak und zog sein Knie zur Seite. Sie mussten aussteigen.

Das Schulgebäude aus Beton ragte hinter ein paar Bäumen empor.

Milena hatte die Kopfhörer jetzt abgezogen. Thilos Bauch krampfte sich zusammen. Mehrere Grüppchen von älteren Kindern standen schon vor dem Eingang mit den zwei Flügeltüren. Würden sie mit Milena sprechen oder sie wenigstens in Ruhe lassen?

Ein paar Mädchen unterhielten sich, lachten und winkten Milena zu. Sie grüßte zurück mit einem kaum merklichen Anheben ihres Kopfes und ihrer Augenbrauen.

Eines der Mädchen rief ihr etwas Unverständliches zu. Milena nickte und zog einen Mundwinkel nach oben. Sie ging einfach weiter. Das Grüppchen sah ihr noch einen Moment nach, bevor sie ihr Gespräch wieder aufnahmen.

Seine Tochter war beliebt, dachte Thilo, doch warum freute er sich nicht?

Er sah Angst in ihren Augen, die wahrscheinlich nur er erkannte, denn ihre Fassade schien makellos. Hatte sie sich auch geschminkt? Er war sich nicht sicher.

In der Aula der Schule hallten die Wände von Gesprächen und Lachen wider.

„Wo muss ich hin?", fragte er in die Geräusche hinein.

Er musste sich darauf konzentrieren, was Milena sagte. Hinter sich hörte er eine Gruppe Jungen, die sich gerade über einen Lehrer lustig machten. Diese Jungenstimmen, so kurz nach dem Stimmbruch, fand er bedrohlich.

„Im ersten Stock ist das Lehrerzimmer und ich bin in der 7a", meinte sie kurz und betrat die Mädchentoilette.

Thilo ging die breite Treppe nach oben. Dabei wich er immer wieder aus und ließ den

Schulkindern den Vortritt. Direkt vor ihm tat sich das Lehrerzimmer auf. Die Tür war geschlossen.

Er hob die Hand, ballte eine lockere Faust, um die Fingerknöchel gegen das Holz zu schlagen. So würde er sich bemerkbar machen. Alle würden aufmerksam werden. Er ließ die Hand sinken.

Dann sah er dieses kleine Mädchen zielstrebig auf ihn zukommen. Sie trug einen Ranzen mit einer Feenwelt darauf. So klein wie sie war, konnte sie höchstens in der zweiten Klasse sein.

Stürmisch klopfte sie an die Tür des Lehrerzimmers, bis ein Mann mit schütteren, grauen Haaren ihr öffnete.

Unfreundlich sah er auf sie herab und giftete: „Was ist denn schon wieder?"

Sie ließ sich nicht beirren und sprach mit fester Stimme nach oben: „Die Jungs haben mir ein Bein gestellt. Schauen Sie, meine Hose ist kaputt."

Sie zeigte auf ihre Jeans mit einem Loch am Knie. Die kleine Wunde darunter schien das Mädchen weniger zu bekümmern, möglicherweise, weil die Jeans mit wunderschönen Glitzersteinen verziert war.

Sie redete weiter: „Die Hose ist ganz neu und die sollen das bezahlen. Meine Mama hat nicht so viel Geld, dass sie mir neue

Kleider kaufen kann." Tränen kullerten über ihre Wangen, und Thilo schmerzte ihr Leid.

Der Lehrer, der noch immer die Türklinke in der Hand hielt, schüttelte den Kopf.

„Das kann ich jetzt nicht", stammelte er. „Das musst du deinem Klassenlehrer nachher sagen, wenn er in den Unterricht kommt."

Damit wandte er sich von ihr ab und sah zu Thilo, der die ganze Zeit neben dem Mädchen gestanden hatte.

„Was kann ich für Sie tun?", fragte er Thilo.

„Ich bin der Vater von Milena Schmidt aus der 7a und habe einen Gesprächstermin", nuschelte Thilo.

Die grauen Haare des Lehrers flogen leicht, als er einen Frauenvornamen nach hinten rief.

Dann überließ er einer großen, schlanken Dame das Feld. Sie kaute noch zu Ende, dann streckte sie Thilo die Hand zum Gruß entgegen.

Er spürte ihren festen Händedruck, konnte sich dem Körperkontakt nicht entziehen. Es war wenigstens schnell vorbei und doch hatte er sogar ihren Ehering bemerkt. Auch war ihm nicht entgangen, dass sie einen langen Hals hatte. Das erinnerte ihn an eine Lehrerin seiner Kindheit.

„Hallo, mein Name ist Franke. Jetzt lerne ich Sie auch mal kennen, Herr Schmidt, sonst ist ja immer Ihre Frau da."

Das kleine Mädchen war gegangen. Thilo konnte ihr nicht nachsehen. Er musste sich auf die vielen Worte konzentrieren, die er vor Aufregung kaum verstand.

Frau Franke redete ununterbrochen, die Treppen hinauf und hinunter zwischen den Kindern hindurch, vom Lehrerzimmer bis zu dem Gesprächsraum, in dem ein Konferenztisch in der Mitte stand.

Thilo wartete ab, welchen Platz die Lehrerin ihm zuwies und setzte sich dann gleich neben sie auf das kratzige Polster eines Stuhls mit Metallfüßen.

Die Schulglocke läutete zum Unterrichtsbeginn und draußen wurde es leiser.

Frau Franke versuchte, zu lächeln, aber es wirkte eher wie ein frustriertes Zähnefletschen. Dann beugte sie sich über ihre Tasche und holte eine schmale Brille und einen Stoß Papier heraus. „Die letzten Male war ja Ihre Frau hier. Sie sind geschieden?"

„Seit drei Jahren", antwortete er kaum hörbar.

„Ist das eine schwierige Situation für Milena, oder wie schätzen Sie die Belastung Ihrer Tochter durch die Trennung ein?"

Thilo blinzelte, sein Kopf war leer.

Frau Franke sprach weiter auf ihn ein: „Ihre Tochter fällt in ihren Leistungen immer weiter ab. Sie ist versetzungsgefährdet." Sie blätterte in den Papieren auf dem Tisch und zog eine miserable Englischarbeit heraus. „Man könnte meinen, sie hätte mit Absicht kaum etwas hingeschrieben."

Die Lehrerin schob Thilo den Zettel mit den vielen roten Bemerkungen zu.

„Kann Ihre Tochter nicht, oder will sie nicht? Das gilt es meines Erachtens im Moment zu klären. Vielleicht ist sie auch auf der falschen Schule."

Sie zog an den Ärmeln ihres eng sitzenden Strickkleides.

Thilo starrte auf die Klassenarbeit. Die Geräusche um ihn verkochten zu einem Brei. Er hatte in sich etwas gefunden, was er schon lange nicht mehr betrachtet hatte.

Der Rollkragen seines gelben Pullovers kratzte an seinem Hals. Seine Mutter hatte ihm den Pulli für heute vorbereitet und er hatte ihn angezogen, weil er immer anzog, was sie für richtig hielt.

Thilo hasste die unbequemen Holzstühle in der Schule. Er spürte seine Sitzknöchel, obwohl er mit acht Jahren noch gar nicht wusste, dass er welche hatte.

Heute war die Doppelstunde Deutsch mit der jungen, netten Lehrerin.

Thilo saß neben Henry auf der Schulbank. Henry wollte immer sein Freund sein und mit Thilo reden.

„Was hast du am Samstag in Fernsehen gesehen? Meine Eltern haben sogar noch den Spätfilm erlaubt. Was machst du heute Mittag? Sollen wir uns nicht mal treffen?"

Thilo rutschte auf seinem Stuhl hin und her. Das mochte er nicht so gerne, wenn Henry so viel fragte. Er wusste nicht recht, was er antworten sollte. Das alles ging doch niemanden etwas an. Thilo fühlte sich bedrängt.

Die Lehrerin stand an der Tafel und schrieb mit bunter Kreide ein Gedicht. In der Klasse war es leise, alle mochten die nette, junge Lehrerin und fanden ihren Unterricht genial.

Thilo nannte sie Fräulein Gans, insgeheim, weil sie für ihn zu viel schnatterte und er fand, sie hätte einen langen Hals.

Fräulein Gans drehte sich um und lächelte wieder einmal zu Thilo. Sie sagte: „Möchtest du das Gedicht vorlesen, Thilo?"

Immer fragte sie ihn, obwohl er nie etwas sagte, und trotzdem fragte sie ihn immer wieder. Selbst sein Sitznachbar Henry meldete sich, um ihm die Last abzunehmen. Doch das akzeptierte die Lehrerin nicht. Sie meinte es gut mit Thilo.

Wenn er dran war, tauchte das Klassenzimmer in verdichtete Stille. Alle waren ruhig, damit er sprechen konnte. Sie starrten ihn an oder sahen an ihm vorbei, die Mädchen mit den Spängchen in den Haaren und die Jungs mit ihren blassen Wintergesichtern.

Der Kloß in seinem Hals wuchs an, größer und sperriger wurde er. Niemals hätte daran ein Wort oder auch nur ein Laut vorbeigepasst.

Thilo schwitzte, der Rollkragen schnürte seinen Hals noch mehr ab. Manche der Kinder begannen, zu lachen, die beiden Jungs hinter ihm, die ihn auch in den Pausen immer ärgerten, Leopold mit den dunklen Augenrändern und sein Bewunderer Thomas.

Henry drehte sich zu ihnen nach hinten. „Lasst Thilo in Ruhe, ihr dämlichen Versager!"

Henrys Verteidigungsrede verpuffte, wie alles, was er sagte. Niemand beachtete ihn oder was er mitteilen wollte.

Es fühlte sich an wie Stunden, bis Fräulein Gans dann endlich wieder selbst etwas sagte. Aber das was sie von sich gab, machte alles nur noch schlimmer.

„Ihr dürft nicht über Thilo lachen. Er braucht einfach Zeit, weil er sensibel ist und

das ist eine wunderbare Eigenschaft. Vielleicht nächstes Mal."

Manche der Kinder nickten verständnisvoll. Es dauerte immer noch eine Weile, bis die Aufmerksamkeit der Klasse sich von ihm wegbewegte.

Der Pausengong erlöste ihn von der Deutschstunde und er wusste schon, dass Karina in den fünf Minuten bis zu Matheunterricht zu ihm kommen würde. Sie hatte ein langes Gesicht und ihre Haare waren gelbblond und strohig.

"Kannst du mir die schwierige Aufgabe in Mathe erklären?", fragte sie.

Thilo wusste genau, dass sie Mathe viel besser konnte als er. Das alles war nur ein Vorwand, um ihm zu zeigen, dass er angeblich wichtig und integriert war. Es war lächerlich.

Brav zog er sein Heft heraus und zeigte ihr die Aufgabe, bis der unbeliebte Lehrer eintrat und mürrisch die Kinder auf ihre Plätze schickte.

Der Mathelehrer hatte ihn nur einmal aufgerufen und dann nie wieder. Er gab Thilo eine schlechte mündliche Note.

Mit dem Mathelehrer kam Thilo zurecht.

„Es sind ja auch nicht nur die schlechten Leistungen Ihrer Tochter, Herr Schmidt, die meine Kollegen und mich stören. Sie hat die negative Aufmerksamkeit der meisten Kinder in der Klasse wegen ihrer Aufsässigkeit gegen mich und meine Kollegen. Trotzdem ist sie alleine in den Pausen. Sie hat keine Freunde, nimmt an keiner AG teil. Sie drückt sich regelrecht, wenn es um ein gemeinschaftliches Projekt geht. Sie weigert sich, an die Tafel zu kommen oder vorzulesen. Lehrer aus den vergangenen Jahrgängen sagten mir, dass Milena schon immer schwierig war, aber ich habe den Eindruck, dass es sich zuspitzt. Sie wird immer sonderbarer."

Die Lehrerin ruckelte auf ihrem Sitz hin und her, schlug die Beine übereinander. Das Strickkleid, das sie trug, rieb dabei am Oberschenkel über ihre Strumpfhose.

Thilo runzelte die Stirn, hoffte, dass er besorgt wirkte, und er war es auch. Seiner Tochter ging es nicht gut. Sie hatte keine Freunde, genauso wie er. Die Kinder hatten vorhin nur ihre Fassade gegrüßt, nicht Milena selbst.

Frau Franke insistierte: „Sie sagen ja gar nichts. Bitte beteiligen Sie sich am Gespräch. Ich möchte hier keine Monologe halten."

Thilo überlegte, was jemanden dazu antrieb, Lehrer zu werden.

Sie redete immer noch weiter: „Können Sie sich vorstellen, warum Milena so störrisch ist?"

„Ja."

Die Lehrerin musterte ihn. Thilo beließ es bei seiner einsilbigen Feststellung.

Sie ergriff wieder das Wort: „Und weshalb?" Ihr Mund war spitz und verkniffen.

Thilo sah an ihr vorbei. Mehr zu sich selbst sagte er: „Milena fühlt sich nicht wohl, und ich kann ihr nicht helfen. Ich habe sie seit drei Jahren nicht gesehen. Gestern ist Milena wieder bei mir eingezogen, weil sie nicht mehr mit ihrer Mutter klarkommt."

Frau Franke legte ihre Stirn in Falten. „Also benimmt sie sich zu Hause genauso. Dieses Verhalten ist in der Schule nicht tragbar. In dieser großen Klasse kann ich nicht auf jedes Kind einzeln eingehen. Für Ihre Milena bräuchte ich ja eine pädagogische Fachkraft zusätzlich. Es gibt einen Psychiater für Jugendliche hier in der Stadt. Oft empfiehlt er Medikamente für die Kinder. Man sollte sich dagegen nicht verschließen. Damit haben wir hier schon gute Erfahrungen gemacht. Milena braucht doch einen Schulabschluss, mit dem sie später im Wettbewerb bestehen kann."

Thilo konnte seine eigene Spucke nicht mehr schlucken. Milena sollte Medikamente nehmen? War sie wirklich so verrückt? War er so verrückt?

„Ich denke, sie wird das nicht wollen."

Frau Frankes Maske bröckelte ab wie zu Staub gewordenes Make-up. Ihre Gesichtszüge verfielen zu der verbitterten Emotion, die sie tatsächlich beherrschte.

Ihre Stimme knarzte hexenartig: „Da wundert mich ja nichts mehr. Wenn sie alles machen, was Ihre Tochter wünscht, wird sie nie die Konsequenzen ihres Handelns spüren. Sie sollten sich das gut überlegen." Sie packte den Beweisstapel wieder in ihre Tasche. „Ich muss jetzt zurück in den Unterricht."

Die Lehrerin sprang auf und eilte durch die Tür.

Thilo war froh, dass sie endlich weg war und nicht mehr auf ihn einredete.

Er verblieb noch einen Moment im Alleinsein. Bis auch er sich auf den Weg machte, bevor die Pause begann und die Horden wieder durch die Gänge quollen.

Er schlich am Lehrerzimmer vorbei und hetzte die Treppe hinunter wie ein geprügelter Hund, hinaus zur großen Tür, hinaus in die Luft, in das Licht.

Draußen steuerte er auf eine Baumgruppe zu, um die herum ein wenig grünes Gras wachsen durfte. Thilo berührte die Platane mit der flachen Hand. Dann setzte er sich mit dem Rücken zum Stamm.

Es wurde ruhig in ihm. Trotz der frischen Temperaturen fror er kaum. Für einen Moment schloss er die Augen. Er würde auf Milena warten. Er konnte hier im Freien sitzen, nicht wie die Kinder, die eingepfercht wie Vieh, dicht gedrängt in den Klassenzimmern ausharren mussten.

Eine junge Frau mit Kinderwagen stolzierte vorbei. Ihrem Kind ging es gut. Es schlief ruhig.

Er wartete, dabei störte ihn der Verkehr zu seiner Linken auf der vierspurigen Straße nicht.

Thilo musste mit Milena reden, ihr Halt und Stütze geben. Das war seine Aufgabe, schließlich war er ihr Vater, auch wenn er sich beim Lehrergespräch nicht so benommen hatte. Die Lehrerin hatte entsetzliche Dinge gesagt. Das durfte Milena nicht erfahren.

Voller Anspannung überlegte er, wo er mit Milena hingehen könnte, um mit ihr auf neutralem Boden zu sein.

Er würde sie in das Eiscafé einladen, in das sie schon als kleines Kind so gerne gegangen war. Sie hatte immer eine Kugel Vanille-Eis gewollt und er hatte sie bestellt und für sich selbst eine Kugel Haselnuss-Eis. Der Kellner mit dem weißen Hemd hatte elegant serviert und Vater und Tochter hatten dann aus den metallenen, kleinen Schälchen ihre Eiskugeln gelöffelt und Milenas Augen hatten vor Glück geleuchtet.

Thilo sah zum Eingang der Schule. Ein paar Kinder kamen heraus und schon bald erblickte er auch Milena, die mit gebeugtem Rücken aus dem stickigen, dunklen Schulgebäude lief. Sie war allein. Sie hatte es eilig.

Thilo stand schnell auf. Sie bewegte ihren Kopf ein wenig nach oben, um zu zeigen, dass sie ihn zur Kenntnis genommen hatte. Ihr Gang wurde langsamer, ihr Rücken fiel ein wenig nach vorn.

„Hast du so lange mit der geredet?", fragte Milena, ohne Thilo zu begrüßen.

„Nein", entgegnete Thilo, „ich habe auf dich gewartet."

Er wollte ihr den Schulranzen abnehmen, aber sie ließ ihn laut und schwer auf dem Asphalt aufschlagen.

Sie verschränkte ihre Arme. Die Ärmel der schwarzen Jacke raschelten. Milena war nur schwarz angezogen.

Der hellblaue Schulranzen mit den verschlungenen Mustern strahlte im Vergleich eine fast unpassende Fröhlichkeit aus, wie er unschuldig auf dem Boden lag und geduldig auf sie wartete.

„Und? Bin ich das schlimmste Aas der Schule?" Sie stellte die Frage so, als wüsste sie schon die Antwort.

„Nein, natürlich nicht", behauptete Thilo und dachte an die Medikamente. Darüber konnte er doch nicht mit ihr reden.

Milena rollte die Augen. „Doch, das hat die Franke gesagt. Scheiß Schule, ich bin nicht so brav wie du. Ich kann nicht immer machen, was die anderen wollen."

Thilo schüttelte den Kopf. „Du sollst doch nicht machen, was die wollen. Es geht doch darum, etwas zu lernen. Es geht um dich und nicht um die Lehrer."

Irgendwas schmeckte schal in seinem Mund. Es musste die abgedroschene Weisheit sein, die er seiner Tochter zu verkaufen versuchte.

Sie wehrte ab: „Ich will das langweilige Zeug überhaupt nicht wissen." Ihre blaugrauen Augen musterten ihn kalt.

Er fror und er wurde kurzatmig. Das war ihm zu direkt. Heute Nacht war sie ein kleines, ängstliches Mädchen gewesen. Er hielt sie nicht aus, beide Milenas nicht. Nicht die Aufsässige und nicht die Ängstliche.

Früher hatte sie nachts geschlafen und tagsüber war sie ein freundliches Kind gewesen. Sie hatte nicht seine dunklen, verborgenen Emotionen hervorgeholt.

„Da hast du schon recht", er versuchte, zu lächeln, „ich lade dich auf ein Eis ein, in unserem Lieblingscafé."

Sie blinzelte misstrauisch, sehr genau verstand sie, was er da vorhatte. Dessen war er sich sicher, und doch kam sie mit. Vielleicht hatte sie einfach Lust auf ein Eis.

Die paar Häuserblocks in die Innenstadt gingen sie zu Fuß. Das war Thilo auch lieber, als in der engen Bahn die Menschen zu riechen, die sich dicht im Waggon drängten, dicht neben ihm, dicht und unangenehm. Auf dem Bürgersteig konnte er ihnen ausweichen und auch Milena hielt Abstand zu ihm.

Er sah das imposante Gebäude mit den reflektierenden Glasscheiben. Diverse kleine Läden waren auf die sechs Stockwerke verteilt, Modeschmuck, Jeans, Parfüm, Kleidung für Kinder und eben das legendäre Café, das sie immer nur vormittags besuchten, weil sonst der viele Trubel Thilo gestört hätte.

Sie nahmen die erste Rolltreppe nach oben und folgten der Galerie. Mehr Menschen als noch vor drei Jahren flanierten durch das Einkaufszentrum. Kurz hatte ihn ein Mann mit seinem Unterarm gestreift. Thilo ließ sich vor seiner Tochter nicht anmerken, wie Angst und Übelkeit um seinen Magen kroch.

Das Café hatte seine Tische und Stühle auf einem Mittelgang, der die linke mit der rechten Galerieseite auf dem ersten Stockwerk des riesigen Kaufhauses verband.

Thilo war irritiert. Die meisten Tische waren besetzt und ihren Stammplatz gab es nicht mehr. Das Café hatte neue Sitzgelegenheiten. Er musste sich orientieren. Dabei fühlte er sich beobachtet von dem älteren Pärchen, von dem Mann mit der Krawatte und von dem Jungen mit dem riesigen Eisbecher vor sich.

Am liebsten hätte Thilo die Flucht ergriffen, doch er deutete auf eine halbrunde Bank mit weißem Kunstlederpolster. „Sollen wir uns dorthin setzen?"

Aber Milena blieb stehen. Sie schüttelte den Kopf, als würden seine Worte aus ihren Ohren dadurch wieder herausfallen. Ihre Unterarme schmiegte sie an das Holzgeländer über den Scheiben und starrte hinunter.

Ihr Vater sollte endlich mal aufhören mit dem angestrengten Getue. Er konnte doch einfach den Mund aufmachen. Nein, er musste sie hierherschleppen und sie blamieren. Als ob es im Café weniger schlimm wäre zu sagen, dass mit ihr etwas nicht stimmte.

Sie sah genauer nach unten. Er war es tatsächlich. Dort im Untergeschoss, zwei Etagen tiefer, stand der süße Junge aus ihrer Klasse. Yannick hieß er.

Ein Schreck raubte ihr für einen Moment den Atem. Kurz dachte sie, er hätte nach oben geblickt, zu ihr, doch sie hatte sich getäuscht. Er unterhielt sich mit seinem Freund über die Skateboards, die in einem Schaufenster ausgestellt waren.

Milena hatte noch nie mit ihm geredet und bestimmt war sie ihm noch nie aufgefallen, jedenfalls nicht so, dass er mit ihr ins Kino wollte oder zur Schlittschuhbahn.

Seine dunkelblonden Haare glänzten und er hatte die Hände in seine zu große Jeans gesteckt.

Milena saugte an ihrer Unterlippe. Hinter sich spürte sie Thilos Wärme, sonderbar dicht.

„Kommst du?", fragte er. „Ich habe einen Platz gefunden."

Sie winkte nach hinten ab, ohne ihre Sicht zu verändern. „Ja doch, lass mich jetzt mal in Ruhe. Du kommst schon noch zu deinem Eis. Geh doch einfach vor."

Thilo biss die Zähne zusammen und tat, was Milena von ihm forderte.

Er setzte sich an einen Tisch in einer Ecke und beobachtete seine Tochter von dort aus.

Sie rührte sich nicht, stand nur da und sah nach unten. Er ließ sie nicht aus den Augen. Irgendwie hatte er Angst, dass sie sprang. Er kannte selbst das Gefühl der verlockenden Tiefe. Die Vorstellung mit einer Entscheidung alles zu beenden, um sich vom Lebensballast zu befreien, war ihm nicht fremd.

Er bemerkte den Kellner nicht, bis dieser ihn ansprach: „Prego?"

Das italienische Bitte klang unfreundlich oder gelangweilt. Das konnte Thilo nicht unterscheiden.

„Ich warte noch, meine Tochter kommt nach."

So wenig hatte er in den letzten Jahren dazu beigetragen, eine Tochter zu haben, dass es ihn beschämte, sie so zu nennen.

Der Kellner mit dem gebügelten, weißen Hemd zog die Augenbrauen nach oben und ging weiter, an den nächsten Tisch, wo zwei Mädchen, vielleicht siebzehn, die Schule oder das Mittagessen schwänzten. Sie bestellten sich große Kaffees und verglichen Bilder oder Nachrichten auf ihren Smartphones. Sie kicherten.

Milena hatte sich vom Abgrund losgerissen und ging an den Mädchen vorbei. Thilo atmete auf. Sie setzte sich neben ihn.

Der Kellner kam zurück.

Thilo bestellte: „Wir hätten gerne eine Kugel Vanille und eine Haselnuss."

Milena sah kurz zu den großen Mädchen am Nebentisch und korrigierte die Bestellung: „Ich will kein Vanilleeis. Ich will einen Espresso."

Der Kellner notierte das und ging. Er wollte wohl nicht noch mehr Zeit verschwenden.

„Wieso denn das? Ich dachte, du magst Vanilleeis", fragte Thilo unsicher.

„Gewöhn dich dran. Ich bin keine fünf Jahre mehr." Sie schüttelte ihre widerspenstigen Locken auf.

Thilo fühlte sich matt. Er versagte.

Der Kellner trug ein silberfarbenes Tablett elegant in einer Hand. Er stellte das Eis vor Thilo und den Espresso vor Milena ab.

Sie kostete einen winzigen Schluck, nahm beide Zuckerpäckchen und schüttete sie in die winzige Tasse. Klackernd rührte sie um.

Thilo schob sein Eis zur Seite.

Er musste sich innerlich wieder aufrichten, denn er lag schon nach einem Tag mit Milena am Boden. Er sehnte sich nach seiner Werkstatt, nach einer geschlossenen Tür und Dunkelheit, die von draußen seine Wohnung sicher umschloss.

„Wie kann ich dir helfen?", fragte er sie. „Ich meine, mit der Schule?"

Milena deutete an, dass sie sich den Zeigefinger in den Hals steckte, und machte ein Würgegeräusch, als würde sie sich erbrechen.

Sie nahm ihre Jacke und ließ den Schulranzen stehen.

„Ich gehe noch ein bisschen in die Stadt und komme später heim."

Thilo erwiderte nichts.

Das Baby

Die Konturen des kahlen Baumes im Hinterhof verschwammen bereits in der Dämmerung. Thilos Wohnung erfüllte der warme Duft eines Gemüse-Soufflés.

Er hatte das Rezept aus einem Kochbuch und war vorhin noch einmal losgegangen, um die Eier, den Broccoli und die Creme fraîche zu besorgen.

Im Backofen glänzte das hohe Soufflé genau richtig gebräunt. Thilo schaltete den Backofen ab, ließ aber das Gericht noch in der Röhre stehen, damit es nicht abkühlte. Milena war noch nicht nach Hause gekommen. Er wusste nicht, wo sie sich herumtrieb, und sicherlich würde sie es ihm auch nicht sagen. Zweifelsohne jedoch würde der luftige Auflauf in sich zusammenstürzen, wenn er nicht bald gegessen würde.

Den Tisch hatte Thilo gedeckt, ganz normal mit seinem Alltagsgeschirr aus dem antiken Küchenbuffet. Er hatte das Möbel bei einer Wohnungsauflösung günstig erstanden und mit wenig Mühe wieder in einen makellosen Zustand gebracht. Sein Geschirr stand in den Fächern gestapelt. Er hatte sich ein Service kaufen müssen, als Vera ausgezogen war und die gemeinsame Küchenausstattung mitgenommen hatte. Die Teller gefielen ihm schon lange nicht mehr. Einige waren an den Rändern beschädigt. Die Farben waren auch verblichen.

Thilo stellte ein Teelicht auf den Tisch und ging dann nach hinten in seine Werkstatt. Die Arbeit würde ihn von der Sorge über Milena ablenken und er war ohnehin im Verzug. Heute hatte er noch gar nichts von seinen Aufgaben geschafft. Milena brachte seinen Tagesablauf völlig durcheinander. Jetzt musste er auch noch auf sie warten.

Er spürte, wie Wut an ihm heraufkroch, wie eine kitzelnde Spinne, und er schüttelte sie ab. Auf seine Tochter durfte er nicht wütend sein.

Thilo legte die Hände auf die hölzerne Werkbank. Ruhe vertrieb die Wut, breitete sich wie die Wärme einer heißen Suppe nach einem verregneten Spaziergang aus.

Er begann, die Oberfläche eines Eichentisches abzuschleifen, nicht zu viel, nur so, dass die Gebrauchsspuren verschwanden.

Vertieft in die Maserung dieses prächtigen Tisches hatte er nicht bemerkt, dass es draußen dunkel geworden war. Erst als Milena klingelte, sah er auf. Sie läutete mehrmals, und er beeilte sich, sie hereinzulassen.

„Wie riecht es denn hier?" Sie rümpfte ihr Näschen und warf ihre Jacke in die Ecke. Die schmutzigen Schuhe streifte sie ab.

„Ich habe gekocht", sagte Thilo so, als müsste er sich dafür entschuldigen.

Er holte das Soufflé aus dem Backofen und betrachtete es entsetzt. Es war zusammengefallen. Dunkelbraun und platt sah das ehemals luftig leichte Gericht zu ihm auf.

„Möchtest du?", fragte er und hielt es in Milenas Richtung.

„Nein, ich habe mir in der Stadt was beim Bäcker geholt."

„Was Süßes?", meinte er besorgt.

Sie kam näher und musste sich auf die Zehenspitzen stellen, damit sie über die Theke sehen konnte. Mit ihrem dürren, kleinen Hexenfinger zeigte sie auf das Essen. Es war ein Wunder, dass er nicht grün vor Gehässigkeit leuchtete.

„Wenigstens was Besseres als dunkelbraune Broccoli Pampe."

Ihr Gesicht rötete sich leicht. Sie kletterte auf einen der hohen Barhocker, die an der Küchentheke standen.

Mit aufgestützten Ellenbogen sprach sie wichtig: „Ich habe mir das jetzt überlegt ..."

Sie machte eine Pause. Thilo war unkonzentriert. Er nahm sich von der Broccoli Pampe, denn er hatte schon seit Stunden Hunger. Er blieb zum Essen stehen und hielt sich den Teller unter das Kinn. Den Löffel schob er sich mit hoch aufgetürmten Happen in den Mund.

Kauend fragte er über die Theke: „Was hast du dir überlegt?"

Sie antwortete: „Wie ich ans Meer komme. Omas fahren doch gerne mit ihren Enkeln in den Urlaub."

„Hast du darüber nachgedacht, als du in der Stadt warst?"

Milena nickte und meinte weiter: „Aber die Oma von Mama hat ja keine Zeit, wegen dem Baby."

Thilo räusperte sich. Er hatte sich an einer Kartoffel verschluckt.

Belegt fragte er: „Welches Baby?"

„Na, das Baby von Vera und ihrem Neuen." Milena streckte die Handflächen nach oben, als ob die ganze Welt von dem unliebsamen Säugling in Kenntnis sein müsste.

Thilo stellte klirrend seinen Teller ab und wischte sich den Mund an ein Küchentuch.

„Du hast du mir gar nicht erzählt, dass du ein Geschwisterchen hast. Ich meine, du hättest mir sagen können, dass Vera ein Baby bekommen hat." Und wenn schon, musste er sich eingestehen. Was ging es ihn an? Seine ehemalige Frau durfte doch tun und lassen, was sie wollte. Sie war ihm doch keine Rechenschaft schuldig, wenn sie noch einmal versuchen wollte, eine Familie zu gründen.

Es war doch schön für Milena, ein Geschwisterchen zu haben. Was war denn nur los mit seiner Tochter?

Er hätte auch gern einen Bruder gehabt. Es war doch gut, nicht so alleine zu sein mit den Eltern.

Milena fand das nicht. „Es ist jetzt auch egal mit dem Baby. Schon wieder ist es wichtiger als ich."

Thilo stützte sich mit den Händen an der Theke ab. Er holte Atem und redete langsam: „Es ist überhaupt nicht wichtiger als du. Es kann schon sein, dass deine Mutter nicht immer Zeit für dich hat. So ein kleines Kind braucht viel Aufmerksamkeit und manchmal schläft es nachts nicht. Dann sind alle müde und gereizt. Du solltest das nicht persönlich nehmen. Sie liebt euch beide."

„Das hat man gestern gesehen, wie sehr sie mich liebt." Milena richtete den Blick direkt auf Thilo. „Jetzt hör mir doch endlich mal zu!"

Thilo ging zwei Schritte zurück. Er verschränkte die Arme und wartete ab, bis sie weitersprach.

„Ich habe doch noch die Oma von dir, die ich gar nicht kenne. Sie werde ich fragen."

Thilo musste sich an der Küchenspüle hinter ihm festhalten. Ihm wurde schwindlig. Der Boden wackelte unter seinen Füßen. Ein Erdbeben erschütterte sein Dasein.

„Nein, das geht nicht." Sein Körper zitterte und Thilo sagte hastig: „Ich weiß nicht mal, wo sie wohnt, und diese Oma ist noch nie verreist, noch überhaupt nie. Sie wird sicher nicht mit dir ans Meer fahren. Das ist keine gute Idee mit der Oma. Wir kommen ans Meer, wir beide, irgendwie."

„Wann?", fragte sie schneidend.

„Ich könnte mit deiner Lehrerin reden, dass das jetzt wichtig ist."

Er fuchtelte unbeholfen mit den Händen hin und her, als wollte er etwas wegwischen, was in der Luft klebte.

„Die interessiert sich nur für Noten. Außerdem hast du doch gerade heute mit ihr gesprochen. Ich glaube dir kein Wort."

Milena glitt vom Hocker und ging einfach nach oben.

Thilo war erleichtert darüber, das Gespräch nicht fortführen zu müssen.

Milena ging mit schweren Schritten, die zu ihrer Statur nicht passten, die Treppe hinauf in ihr Zimmer. Sie verschloss die Tür und legte sich auf ihr Bett.

Frido, ihr Kuschelbär, wartete auf sie. Thilo hatte ihn auf die Decke gesetzt, nachdem er morgens das Kissen aufgeschüttelt hatte.

Milena drückte Frido auf ihr Gesicht, damit er ihre Tränen auffangen konnte und mit seinem weichen Bauch das Schreien eines verletzten Kindes dämpfte, sodass es für die Außenwelt nicht mehr hörbar war.

Sie brauchte lange, bis sie Frido wieder von ihrem Gesicht nehmen konnte. So leicht würde sie sich nicht zufriedengeben. Sie schnäuzte sich die Nase in ein Papiertaschentuch. Zärtlich setzte sie den kleinen Bären auf ihr Kopfkissen.

Sie stieg vom Bett. Leise drehte sie den Schlüssel im Schloss und drückte die Klinke nach unten. Sie schlich bis zur Treppe und lauschte. Sie hörte ein regelmäßiges Scharren und vermutete, dass Thilo an seinen Möbeln arbeitete.

Vorsichtig setzte sie einen Fuß vor den anderen.

Thilos Schlafzimmer stand offen. Auf dem Boden lag noch immer der Teppich, den Mama ausgesucht hatte. Das Doppelbett war auf beiden Seiten mit grün-schwarzer Bettwäsche und hellen Laken bezogen.

Hier war es kühler als im Rest des Hauses. Milena sah sich im Schrankspiegel. In dem riesigen Möbel hing fast ausschließlich die alte Kleidung von Mama, die sie nicht mehr mochte und einfach dagelassen hatte.

Milena betrachtete sich genauer und trat näher an den Spiegel. Mama hatte immer gesagt, Milena sähe Thilo so ähnlich – nicht die Haare, aber das Gesicht.

Sie hielt ihre Haare straff nach hinten und blinzelte ihr Spiegelbild an. Milena konnte die Ähnlichkeit nicht erkennen. Vielleicht noch die grau-grüne Augenfarbe. Ihre Nase war doch viel kleiner und gerader, ihr Mund mehr geschwungen.

An der Oberfläche war es zwar nicht erkennbar, aber je länger Milena in den Spiegel und sich selbst in die Augen starrte, fand sie, dass mit ihr etwas nicht in Ordnung war. Alle sagten das, die Lehrerin und ihre Mutter. Die Kinder ließen sich noch von ihrer harten Fassade täuschen.

Es war die Ähnlichkeit mit Thilo, sie war da, auch wenn Milena sie nicht erkennen konnte. Sie ließ ihre Haare los, die sofort wieder in ihre lockige Struktur zurückschnellten und einen schützenden Kreis um ihr Gesicht bildeten.

Sie drückte die Schiebetür des Schranks zur Seite. Die Schubladen waren nahezu leer. Nur ein paar Unterhosen und Socken von Thilo verloren sich darin. In einem Regalfach in Augenhöhe von Milena lag ein Aktenordner.

Auf dem Aktenrücken konnte sie die Aufschriften erkennen. Versicherungen, Geburtsurkunden, Zeugnisse hatte Thilo mit einem dicken, schwarzen Stift auf den alten Ordner geschrieben, nach welchem Milena jetzt griff. Er war schwer, vollgefüllt mit totem Papier. Sie hatte Mühe mit dem schweren Ordner. Er entglitt ihr und fiel zu Boden.

Sie wich einen Schritt zurück. Dann kniete sie auf den dicken, hellen Teppich und schlug die Dokumente auf.

Hinter den Geburtsurkunden entdeckte sie Thilos Grundschulzeugnisse. Neugierig las sie, was seine Lehrer über ihn geschrieben hatten.

Er wäre ein verschlossenes Kind, schriftlich gerade mal Durchschnitt, mündlich eine Katastrophe.

Sie blätterte zurück. Dort fand sie die Adresse von Thilos Grundschule. Vielleicht wohnte Oma Schmidt immer noch in dem Dorf, in dem Thilo zur Schule gegangen war.

Milena schlich zurück in ihr Zimmer. Ihr Herz klopfte und um sich zu beruhigen, nahm sie ihre Sterntaler-Kugel und schüttelte sie.

Milena legte sich mit dem Rücken auf den Boden und sah sich die glitzernden Sterne an, die langsam in das Kleidchen des winzigen Mädchens in der Kugel fiel. Wieder schüttelte sie, wieder und immer wieder, solange bis sie Thilo hörte, wie er die Treppe nach oben kam. Er wollte ihr eine gute Nacht wünschen.

Schnell löschte sie das Licht und sprang unter ihre Bettdecke. Dann öffnete er schon die Tür. Ganz leise verweilte er einen Moment neben ihr.

„Du schläfst ja schon", flüsterte er zärtlich, dann wurde seine Stimme schwer. „Die schlimmen Nächte machen dich müde."

Auf ihren geschlossenen Augenlidern spürte sie seine Schwermut. Fast hätte sich eine Träne den Weg aus ihren Augen gesucht, doch Milena dachte an ihren Plan.

Sie spielte Thilo vor, dass sie schlief, atmete langsam und regelmäßig, bis er wieder nach draußen ging. Die Tür schloss er so leise, wie er sie geöffnet hatte.

Noch musste sie still sein und warten, bis sie Arbeitsgeräusche oder Maschinen von unten hörte. Sie starrte auf die roten Zahlen ihres Weckers, den Thilo ihr heute Mittag auf den Nachttisch gestellt hatte. Träge veränderte sich die letzte Zahl, die Minuten. Sie wartete von der Drei bis zur Sieben. Dann hielt sie es nicht mehr aus und schlich sich aus ihrem Zimmer.

Im Wohnzimmer hatte sie den Computer gesehen. Er hatte einen Bildschirm, der nach hinten ganz lang war. Das kannte sie nicht. Das sah merkwürdig aus.

Milena drückte auf den Knopf des Computerturms und des Bildschirms. Der Monitor flimmerte.

Im Internet suchte sie das Dorf und den Namen Schmidt. Das Wort Telefonnummer gab sie auch ein und erhielt drei Vorschläge für den Namen Schmidt.

Eine Luise Schmidt, ein Daniel mit Gabriele Schmidt und eine Henriette Schmidt fand sie im virtuellen Telefonbuch eingetragen.

Milena sah nach innen, in ihr Gedächtnis, wo die Unterschrift unter Thilos Zeugnis stand, H. Schmidt.

Sie notierte sich die Nummer von Oma Henriette auf die Innenseite ihres Unterarms, dann hörte sie zuerst nichts mehr aus der Werkstatt und schließlich Schritte.

Hastig klickte sie die Seite weg und öffnete ein buntes Spiel mit Models und Schminke, das sie zu Hause bei ihrer Mutter schon häufig heimlich gespielt hatte.

Thilo blieb in der Tür stehen und fragte: „Bist du wieder aufgewacht?" Er kam jetzt auf Milena zu und setzte sich neben sie. „Spielst du das öfter?"

„Manchmal." Sie schloss das Programm und schaltete den Computer aus. „Ich gehe hoch. Ich bin müde."

„Soll ich dich bringen?"

Zuerst spürte sie das Harte, Verschlossene in sich und fast hätte sie ihn wieder zurückgewiesen und verletzt, aber dann kam die Angst.

Auch die Angst fühlte sich nicht weit und frei an, doch sie verletzte nicht die anderen, nur Milena selbst.

„Bleibst du gleich bei mir?"

Thilo nickte.

Thilos Mutter

Milena hatte die Nacht durchgeschlafen. Das hatte sie schon lange nicht mehr getan, auch nicht zu Hause bei Vera.

Seitdem der neue Mann und das Baby da waren, fühlte sie sich noch weniger geliebt. Sie bezweifelte, dass ihre Mutter sie oder Thilo überhaupt jemals geliebt hatte. Selbst das Baby war nur süßer Schmuck für Veras Leben. Das Baby sollte Vera glücklich machen und nicht umgekehrt.

Milena glaubte nicht, dass ihre Mutter überhaupt irgendjemanden liebte, außer vielleicht sich selbst. Doch wozu benötigte sie dann andere, die ihr Freude und Sinn schenkten?

Milena gähnte erschöpft. Thilo schlief noch im Schaukelstuhl. Sein Mund war leicht geöffnet und die karierte, kratzige Decke hatte er bis unter das Kinn gezogen.

Sie rüttelte an seinem Arm. „Thilo", murmelte sie. „Thilo, wach auf. Ich muss zur Schule."

Thilo zuckte zusammen, blinzelte Milena an. Sie zog ihre Hand weg. Er spürte noch ihre Berührung, bemerkte seinen hohen Puls.

„Ich mache dir gleich Frühstück." Thilo stand auf.

Die Decke fiel zu Boden. Der Stuhl schaukelte hinter ihm. Er hatte sich gestern Abend nicht umgezogen. In seiner Arbeitshose ging er die Treppe hinunter in die Küche.

Milena folgte ihm. Sie hatte noch Frido, ihren Bären, im Arm. Ihre Füße patschten hinter Thilo.

Es war wie früher, sonntags, wenn sie beide schon aufgestanden waren und Vera noch weitergeschlafen hatte.

Milena frühstückte immer ein winziges Brot mit einer Tasse Milch und dann las er ihr aus ihrem Lieblingsbuch vor, ‚Die Tiere auf dem Bauernhof.' Laut und sonnig lachte sie immer bei den lustigen Schweinchen und freute sich über die süßen Küken. Sie konnte von dem Buch nicht genug bekommen. Er las es immer wieder vor, solange bis Vera aufstand und sich zu ihnen ins Wohnzimmer setzte.

Dann hatte Thilo den Kloß im Hals gespürt und hatte aufgehört zu lesen.

„Ich möchte nicht so einen komischen Haferbrei." Milena war auf einen der hohen Hocker geklettert und zeigte auf den Topf, den Thilo in der Hand hatte.

„Den mochtest du doch immer so gerne." Thilo stellte den Topf wieder weg.

„Ja, als Baby mochte ich den." Frido, den sie auf den Hocker neben sich gesetzt hatte, kippte zur Seite und fiel zu Boden.

„Möchtest du dann lieber einen Toast?", versuchte Thilo, Milenas Bedürfnissen näher zu kommen.

Sie zuckte mit den Schultern und Thilo steckte zwei weiße, schwammige Brotscheiben in den Toaster. Er öffnete den Kühlschrank und holte die Butter heraus. Dann überlegte er, dass er seine Tochter lieber nicht fragte, was sie trinken wollte, sonst müsste er ihr vermutlich einen Espresso zubereiten.

Die Toastscheiben hüpften verhalten nach oben. Der Röstduft legte sich in den Raum.

Milena butterte die beiden Brote. Sie sah nicht auf, als sie meinte: „Ich rufe die Oma selbst an."

„Was meinst du damit?" Thilo krächzte.

Damit Thilo nicht bewusstlos umfiel, musste sich der Sauerstoff aus dem Atem in das enggewordene Herz pressen. Gegen Thilos Schläfen hämmerte ein Ambosshammer.

Er hatte seine Mutter seit fünfzehn Jahren nicht gesehen.

Es war Henriettes Idee gewesen, Vera zu Kaffee und Kuchen einzuladen. Seine Bekannte nannte sie Thilos erste Liebe. Thilo vermutete, seine Mutter wollte ihre Feinde kennen, damit sie besser gegen sie intrigieren konnte.

Henriette sah ihren Sohn vorwurfsvoll an. Das tat sie nun schon, seitdem sie ihn mit Vera ertappt hatte.

Seine Mutter musste ihm gefolgt sein. Natürlich war es ungewöhnlich, wenn er ausging, länger als nötig. Wenn er einkaufte und dann nicht gleich wieder zurückkam. Das fand Mutter selbstverständlich befremdlich. Er nahm sich auch heraus, am Sonntag nicht den ganzen Mittag bei ihr zu bleiben. Es hatte ihr auffallen müssen, dass Thilo etwas vor ihr verbarg.

Thilo wich ihrem Blick aus. Er nahm schnell das Tablett mit dem Rosenservice und der Kaffeekanne von der Anrichte in der Küche und brachte es zu Vera an den Esszimmertisch.

Seine Mutter servierte die Cremetorte. Sie trug ihr Meisterwerk auf einer silbernen Platte, die farblich nicht zur beigen Creme passte.

„Selbst gemacht? Unglaublich!" Veras unnatürliche Begeisterung ließ ihre Stimme höher klingen als sonst.

„Ja, ich mag die Torten vom Konditor nicht." Die Augen von Henriette Schmidt glänzten glasig. Die äußeren Winkel hatten

sich im Laufe der Jahre nach unten gezogen, sodass es immer aussah, als müsste sie weinen.

Sie stellte den Kuchen auf den Tisch. Ihr kurzärmeliges Kleid ließ den Blick auf ihre schlaffen Arme frei.

Thilo fröstelte es.

Trotz des Sommers, der draußen seine Fülle und Wärme großzügig verschenkte, war es im Haus starr vor Kälte.

Henriette schnitt die Torte an und die beigen Schichten lagen nun offen. Die schwere Creme wechselte sich ab mit dem Biskuit. Unten gab der feste Tortenboden den Halt, oben türmte sich noch mehr Creme, mit einem Häubchen für jedes Stück und großzügig und doch zufällig gestreutem Krokant.

Thilo und Henriette begannen, mit ihren Gäbelchen die Stücke abzutrennen, aufzuspießen und sich in den Mund zu schieben. Sie kauten sanft die weiche Masse.

Veras Stück lag noch unberührt auf dem Teller, als Henriette mit fettigen Tortenlippen fragte: „Sie arbeiten am Theater?"

Veras zu stark getuschte Wimpern zitterten wie ein eingesperrter Kolibri. „Ich assistiere der Regie und übernehme auch mal Komparsenrollen."

„Ach, Sie wollen Schauspielerin werden?", rief Henriette schrill.

"Nein, ich möchte in ein paar Jahren selbst Regie führen." Vera schob den nicht angerührten Kuchenteller bei Seite.

Einen Moment schwiegen alle.

Thilo spürte sein Gewissen nagen. Er hatte seine Mutter zurückgestoßen, plante, sie zu verlassen, tauschte sie einfach gegen Vera aus. Doch Vera bestand darauf. Sie akzeptierte nicht, dass seine Mutter ihm näher war als sie. Vera meinte auch, es täte ihm gut, mal von zu Hause auszuziehen. Schließlich war er dreißig Jahre alt und hatte sich nie länger als eine Nacht von seiner Mutter entfernt. Vera hatte eine schöne Wohnung. Er konnte sofort zu ihr ziehen.

Thilo lutschte in seinem Mund an einem Klümpchen gezuckerter Butter. Als Kind war ihm von Mutters kunstvoll fettigen Torten schlecht geworden und er musste sich davon erbrechen. Inzwischen hatte er sich daran gewöhnt.

Er schluckte den schmierigen Klumpen hinunter, der seine Speiseröhre bis hinunter zum Magen mit Fett beschichtete.

Henriette sah zwischen Thilo und Vera hin und her. "Wie lange kennen Sie meinen Sohn denn schon? Sie sollten wissen, Thilo hat das alles vor mir verheimlicht."

"Es war einfach nie die passende Gelegenheit darüber zu reden", behauptete er leise.

Seine Worte erstarrten im Frost, der sich über dem Sonntagsservice zwischen Vera und Henriette gebildet hatte, und fielen klirrend auf den Tisch.

Veras Wimpern flirrten. „Dann hat er wohl auch nicht erwähnt, dass er zu mir ziehen wird?"

Henriette schnappte nach Luft wie ein ertrinkender Fisch.

„Thilo, du hilfst mir, das Geschirr in die Küche zu bringen."

Henriette befahl scharf wie die Rasierklinge seines Vaters, an der Thilo sich als kleines Kind geschnitten hatte. Es musste vor seinem vierten Geburtstag gewesen sein. Bevor sein Vater sie verlassen hatte.

Thilo nahm seinen Teller mit dem halben Kuchenstück darauf und folgte Henriette. Er bemerkte noch, wie Vera ihm fassungslos nachsah.

„Ich muss doch auch mal mein eigenes Leben führen."

„Aber Junge, das ist doch dein Leben hier. Ich habe doch immer alles für dich getan. Hier ist doch dein Zuhause." Henriette lächelte mit ihrem rosé geschminkten Mund.

Ihre Falten verzogen sich in unbekannte Richtungen. Nur die Augenwinkel stellten sich gegen die neue Bewegung und bestanden auf ihren angestammten Platz.

Sie griff nach Thilos Hand. Er zog sie so schnell weg, dass Henriette sie nicht fassen konnte.

"Lass uns wieder reingehen. Vera sitzt alleine da." Thilo wand sich.

Henriettes Mund wurde spitz und hart und ihre Augen weit. "Es ist mir egal, ob deine Gespielin alleine ist. Ich will nicht alleine sein."

Vera riss die Tür zur Küche auf.

"Das habe ich mir gedacht. Thilo komm jetzt mit oder wie lange willst du noch die widerlichen Torten deiner frustrierten Mutter essen?"

Sie kam herein und packte Thilo am Arm.

Henriette schlug auf Thilo ein. Das hatte sie noch nie getan. Thilo duckte sich und ließ sich von Vera hinausziehen.

Er hörte noch das verzweifelte Schreien von Henriette, doch Vera schob ihn unerbittlich weiter bis zu ihrem Auto.

Es war ein schöner Sommertag, an dem Thilo seine Mutter verließ.

"Bitte ruf die Oma nicht an. Sie mag mich nicht mehr. Du erinnerst sie wieder an mich und dann wird sie wütend und traurig." Thilo stotterte.

Milena biss in ihren Toast und kaute. "Dann ist deine Mutter so wie meine Mutter?"

Thilo wusste darauf nichts zu antworten. Es stimmte nicht, was er gesagt hatte. Er tischte seiner Tochter Lügen auf. Seine Mutter brannte sicher darauf, ihn wiederzusehen. Ihren einzigen Sohn, ihr Ein und Alles.

„Soll ich dich in die Schule bringen?"

„Nein." Milena sah ihn nicht mehr an.

Er hörte, wie sie die Treppe nach oben ging und wie sie das Wasser im Badezimmer andrehte. Zitternd holte er den Teller mit der Toastrinde, die Milena nicht gegessen hatte. Er knabberte daran, während er den Teller in die Spüle gleiten ließ. Er räumte die Butter zurück in den Kühlschrank. Dann holte er sich ein Glas aus dem Buffet, um einen Schluck Wasser zu trinken.

Es klirrte laut, als das Trinkglas in das Spülbecken fiel. Er hatte sich erschrocken, als er bemerkte, dass oben im Badezimmer noch immer das Wasser lief. So lange konnte sich Milena nicht das Gesicht waschen.

Vielleicht hätte er lieber nach oben schleichen sollen, anstatt schwer trampelnd über die Stufen zu stolpern. Aber es hätte nichts verändert.

Er riss die Tür auf und hörte noch die Kinderstimme.

„Tschüss, Oma."

Milena war aufgeschreckt und starrte ihn mit weit aufgerissenen Augen an.

Thilo starrte zurück. Er atmete gegen einen Widerstand. Die Luft, der Sauerstoff, das Leben wollte nicht recht seine Lungen füllen.

Mit seiner Faust schlug sich Thilo matt auf die Brust. „Wieso hast du das getan?", hauchte er.

Milenas Gesicht verlor seine Unschuld, und sie verstand etwas, das sie noch nicht wissen sollte. Aber sie verstand es nicht bewusst. Es war ein Gefühl des Entsetzens, der Angst und sie wusste nicht einmal, ob es ihr eigenes Empfinden war.

„Was ist denn so schlimm? Ist sie nicht nur meine Oma?", fragte sie ehrlich. Sie war zu weit gegangen.

„Nein", schüttelte Thilo den Kopf, „Sie ist nicht deine Oma. Sie ist meine Mutter."

Mutter ist da

Thilo versuchte, sich auf die kleine Figur aus Holz zu konzentrieren, die Maserung, die Wärme und den Geruch. Doch seine Mutter nahm alle seine Sinne und alle seine Gedanken ein.

Es war bereits dunkel geworden. Vielleicht würde sie nicht kommen, würde es nicht wagen, außer Haus zu gehen.

Sie war nie gerne ausgegangen. Am liebsten hatte sie mit Thilo einen gemütlichen Abend verbracht. Dabei bestimmte sie, was im Fernsehen lief und womit sie die Schnittchen belegte. Er mochte die Mayonnaise nicht und auch nicht das Traumschiff. Sie hatte ihm über sein goldblondes Haar gestrichen und ihn gelobt, weil er sich nicht so wild benommen hatte wie die anderen Jungs, sondern weil er brav bei ihr geblieben war.

Die Türglocke sprengte ihm das Mark aus den Knochen. Seine Mutter ließ es sich natürlich nicht nehmen. Sie stand vor seiner Tür. Sie war es.

Er könnte warten, bis sie wieder ging, einfach nicht öffnen. Sie draußen lassen. Sie nicht mehr in sein Leben lassen.

„Hallo, Oma", hörte er das Mädchenstimmchen.

„Hallo, mein Mädchen", hörte er Henriettes Stimme, die sich verändert hatte.

Leiser, vorsichtiger. Das Vorsichtige hatte er früher nicht rausgehört, aber es war schon immer da gewesen, dessen war er sich nun sicher.

Thilo musste sie begrüßen. Er legte die kleine Skulptur weg, die in seiner Obhut wieder schön und vollständig werden sollte. Ein Sog ließ ihn seine Werkbank, seinen Schutz verlassen und zog ihn in einen Abgrund.

„Mutter", sagte er, sonst nichts.

Henriette hatte zwei große Koffer dabei, die sie überhaupt nicht tragen konnte. Sie musste mit dem Taxi gekommen sein. Ihr großzügiges Gepäck stand noch in der Tür.

„Thilo, bring die Koffer rein", befahl sie, als wäre sie nie von ihrem Sohn getrennt gewesen.

Er ging an ihr vorbei und fühlte einen kalten Schauer auf seiner Haut. Ihre alten, weinroten Lederkoffer waren schwer, als er sie aufnahm.

Die dauergewellten Haare von Henriette waren mit Haarspray in Form fixiert.

„Wie konntest du mir verschweigen, dass ich eine Enkelin habe? So ein Schock, ich habe meine Kreislauftropfen gebraucht." Sie war böse mit Thilo. Er hatte sie aus seinem Leben verbannt. Nicht einmal das Ereignis von Milenas Geburt hatte ihn bewogen, wieder mit ihr in Kontakt zu treten. Nicht, dass er es sich nicht überlegt hätte. Doch Vera war dagegen und insgeheim war er froh gewesen, dass sie es ihm verboten hatte.

Mit einem anderen Gesicht, einem anderen Tonfall wandte sich Henriette ihrer neugewonnenen Enkelin zu: „Aber jetzt bin ich ja da. Darf denn die Oma bei dir schlafen, mein Schatz?"

Milena sah zuerst zu Thilo, dann auf ihre eigenen Füße. Sie schüttelte den Kopf. Zuerst langsam, dann immer schneller werdend. „Nein, das will ich nicht", stieß sie aus.

Henriette wurde blass. Ihr Mund stand offen.

Thilo reagierte, wie er es auch sonst immer getan hatte. Er sorgte dafür, dass seine Mutter sich nicht schlecht fühlte. „Du kannst doch mein Zimmer nehmen. Ich schlafe gerne auf dem Sofa. Das ist doch kein Problem."

Henriettes Mundwinkel zuckten. „Wenn du meinst, Thilo", und zu Milena sagte sie: „Magst du denn die Oma nicht?"

„Wann fahren wir ans Meer?", fragte das Mädchen nur.

Thilo hob die Handflächen. „Jetzt ist die Oma gerade erst bei uns angekommen. Vielleicht besprechen wir das morgen."

Er umfasste die Griffe der Koffer fester und trug sie nach oben in sein Zimmer. Eigentlich durfte er die beiden da unten nicht alleine lassen, doch das Gefühl von Watte, die seine Sinne dämpfte, schien auch sein Denken zu wattieren. Die elektrischen Impulse in seinem Gehirn verirrten sich in den feinen Fasern, bis sie immer schwächer wurden und er vergaß, was ihn eben noch mit Sorge erfüllt hatte.

Ein Ächzen entfuhr Thilo, als er das Gepäck seiner Mutter im Schlafzimmer abstellte.

Krampfartig zuckte er zusammen. Er hörte ihre Stimme von der Treppe. Seine Mutter folgte ihm. Leicht und gut zu Fuß kam sie die Stufen herauf und stand dann direkt neben ihm.

„Wo ist denn deine Freundin? Hat sie das Kind dagelassen?" Henriette zeigte auf den unbenutzten Teil des Ehebetts.

Thilo unterdrückte etwas, Wut oder Trauer, er wusste es nicht genau. Und war es Henriette oder Vera, seine Exfrau, die ihn mit diesen Gefühlen quälte?

„Ich überziehe dir das Bett frisch", meinte er schließlich.

„Da ist doch Platz für uns beide", wollte Henriette ihrem Wunsch, nicht alleine zu schlafen, nachkommen.

„Heute Abend sehen wir uns den Film im Zweiten an. Ich mache uns Schnittchen und du gehst noch in die Wanne."

Thilo sagte nichts. Er hoffte, dass sie nicht ins Badezimmer kam und ihm den Rücken und die Haare waschen wollte.

Doch sie ergänzte: „Schließe nicht wieder die Tür ab, ich wasch Dir noch die Haare. Sonst nimmst du wieder das falsche Shampoo und dann werden sie strohig und der Goldglanz kommt gar nicht mehr zur Geltung."

Henriette strich die Mayonnaise auf das Graubrot und hatte schon Gürkchen und Lyoner auf dem Küchentisch vorbereitet. Sie trug die Lockenwickler schon seit heute Mittag um zwei. Da hatte sie sich die Haare gewaschen, nachdem sie die Wohnung nass rausgewischt hatte und Thilo die Bettwäsche wechseln musste.

Thilo sah auf die Lebensmittel. „Ich möchte keine Mayonnaise auf meinem Brot."

„Papperlapapp", lehnte Henriette ab, „du bist doch so dünn. Du kannst es vertragen."

Thilo fand sich überhaupt nicht zu dünn. Mit seinen fast dreißig Jahren bildete sich ein weicher Bauchansatz und ein Ring um die Hüften. Der Rest sah schwach und schlaksig aus, obwohl er körperlich mit Holz arbeitete, mit seinem Holz.

Er widersprach Mutter nicht. Schluckte ihre Meinung und lagerte sie in seiner Leber bei den Cremetorten und den Mayonnaiseschnittchen.

Er ging ins Wohnzimmer und setzte sich auf die kratzige, beige Couch. Die Fernsehzeitschrift lag offen auf dem Tisch. Henriette hatte einen Liebesfilm aus den fünfziger Jahren angekreuzt, den sie beide schon zigmal gesehen hatten. Er nagte an seinen Nägeln und riss sich dabei die Haut aus dem Nagelbett.

„Thilo", hörte er sie kontrollierend rufen, „du solltest dir jetzt mal ein Bad einlassen. Oder muss ich das auch noch machen? Du bist wirklich alt genug."

Ja, er war alt genug.

„Leg dich doch ein bisschen hin, Mutter. Du musst doch müde sein." Thilo sah auf den Boden, drehte sich um und ging zur Tür hinaus.

Doch Henriette kam hinter ihm her. „Ich lege mich doch jetzt nicht hin und schlafe. Ich habe einen Sekt mitgebracht. Wir feiern unser Wiedersehen."

Milena war auch die Treppe hochgekommen und stoppte hinter den beiden.

Thilo drehte sich zu ihr um. „Hast du noch Hausaufgaben? Dann bleibst du am besten in deinem Zimmer. Vergiss nicht, die Tür zu schließen. Dann hast du deine Ruhe und kannst dich besser konzentrieren."

Milena nickte. „Gute Nacht, Oma", sagte sie noch und verschwand dann hinter ihrer Zimmertür.

Henriette war noch aus dem Schlafzimmer in den Flur geeilt, aber sie stand jetzt nur noch vor der verschlossenen Kinderzimmertür.

„Ach, jetzt habe ich das Kind gerade mal fünf Minuten gesehen und schon ist es wieder weg. Ihr modernen Eltern macht immer ein Theater um die Schule."

„Lass uns unten feiern", sagte Thilo und ging schnell voran, die Treppe abwärts.

Niemand hatte die Haustür geschlossen. Er warf sie zu und sie fiel laut krachend ins Schloss. Der Schall verhallte dumpf, als würde er auf ein Vakuum treffen.

Am Küchenbüfett klapperte Henriette mit den Gläsern.

„Hast du keine Sektkelche? Das ist ja ein Männerhaushalt hier. Das muss sich ändern."

Sie lachte und stellte zwei Wassergläser auf die Theke. Mit einem lauten Knall öffnete sie den süßen, warmen Sekt. Das roséfarbene Getränk schäumte beim Einschenken über. Henriette schrie durchdringend auf.

„Huch, so eine Schweinerei." Sie griff zu einem Putztuch, das neben der Spüle lag, und wischte damit den Tisch.

Dann erhob sie ihr Glas.

„Auf unsere Wiedervereinigung." Sie stieß mit Thilo an und ihr Lächeln sah wie ein Weinen aus.

Thilo versuchte erst gar nicht, Freude zu heucheln. Auf einen Zug trank er die pappige Brühe leer. Er hasste das perlende Gefühl von Sekt, den Geruch und die Wirkung von Alkohol im Allgemeinen. Das sonderbare und unnatürliche Beschwingtsein. Das Lustigsein, nur durch das Abtöten der Synapsenfunktionen.

„Ich muss ins Bett", meinte Thilo. „Lass uns morgen mal weitersehen. Milena muss früh raus wegen der Schule. Sie braucht ein Frühstück."

Henriette zeigte mit ihrem halbvollen Glas auf Thilo.

„Natürlich braucht das Kind ein Frühstück, aber das kann ich doch übernehmen. Du musst dich doch auf deine Arbeit konzentrieren."

Er hob die Hände. „Nein, nein, du schläfst morgen aus. Du hast doch die lange Reise hinter dir."

Für seine Mutter war es eine lange Reise, zwei Stunden mit dem Zug zu fahren. Es hatte sie große Überwindung gekostet, hinaus zu gehen und sich auf den Weg zu machen. Das wusste Thilo.

Henriette zwickte ihm in die Wange. „Du bist ein guter Junge. Vielleicht hast du recht. Morgen schlafe ich aus, aber ich koche uns was zu Mittag. Das lasse ich mir nicht nehmen."

Endlich ließ sie seine Wange los, trank ihr Glas leer. Hinter vorgehaltener Hand stieß sie auf, bevor sie beschwingt nach oben ging.

Thilo rieb seine Wange, kratzte mit den Fingernägeln darüber.

Dann warf er mit Wucht sein Glas in den Abguss. Es klirrte und die Scherben sprangen heraus. Er zuckte zusammen, ein Stück Glas hatte ihn am Hals erwischt.

Von oben hörte er gleichförmig das Wasser in der Dusche plätschern.

Hölzern bewegte er sich in sein Wohnzimmer. Er schaltete den Fernseher an und stellte ihn viel zu laut. Steif, fast aufrecht, setzte sich Thilo auf sein selten benutztes Sofa.

Paralysiert lauschte er den Worten der jungen Frau in einer Dokumentation. Sie erzählte von ihren Träumen, in denen sie von einem gesichtslosen Mann missbraucht wurde, was aber in der Realität nicht ihr, sondern ihrer Mutter passiert war. Die Mutter hatte ihr dieses Erlebnis niemals erzählt und doch war die Tochter voller Angst vor Männern. Sie wagte es nicht, allein im Dunkeln irgendwohin zu gehen.

Das Ganze nannte eine Psychologin Erbtrauma und erklärte, dass die familiäre Belastung eines Kindes selbst erlebten Traumata glich.

Thilo schnellte aus seiner Starre heraus. Wacklig stand er auf und setzte seine Tritte. In der Küche roch es schal nach Henriettes Sekt.

Aus einer Schublade griff Thilo ein scharfes Küchenmesser und schob seinen Ärmel nach oben. Mit der kalten Klinge strich er über die anderen Narben auf seinem Unterarm. Er trug immer Kleidung, die seine Lebensnarben bedeckten. Seiner Frau Vera hatte er gesagt, dass er mal in Glasscherben gefallen wäre. Sie hatte es ihm geglaubt.

Er drehte nun die Klinge so, dass die Schneide seine Haut berührte. Langsam drückte er zu und zog das Messer einmal quer über seinen Arm. Das Blut trat in

Perlen aus der Wunde. Der brennende Schmerz durchströmte zuerst den Arm bis in die Fingerspitzen, dann breitete er sich über die Schulter in den ganzen Körper aus.

Thilo wurde warm. Er hörte sein Herz schlagen. Tränen sammelten sich in seinen Augen und er lächelte. Sein Rücken wurde geschmeidig. Alles entspannte sich für eine Zeit. Seine Gefühle traten hinter den Schmerz, der Thilo weitaus weniger vernichtend durchdrang.

Milena kam mit nackten Füßen die Holztreppe herunter, weil sie den brüllenden Fernseher leiser drehen wollte. Da sah sie diesen Schatten in der Küche.

Sie stützte sich mit den Fingern gegen die Wand, spickte um die Ecke und beobachtete ihren Vater. Thilo trug etwas in der Hand, ein Messer und betrachtete es liebevoll wie einen guten Freund. Er schnitt sich absichtlich eine Wunde in den Unterarm. Sie sah das Blut und sein Lächeln.

Schnell zuckte sie zurück. Ihr war, als spürte sie seinen Schmerz. Rasch huschte sie zurück in ihr Zimmer.

In dieser Nacht weinte sie leise. Thilo sollte sie nicht hören und Oma schon gar nicht.

Das böse Mädchen

„Schmeckt es dir, Mädchen?", fragte Henriette und nahm gar nicht zur Kenntnis, wie Milena den Kopf schüttelte und das Sauerbratenfleisch zur Seite schob.

Thilo hoffte inständig, Milena würde nicht deutlicher werden.

Henriette suchte auch bei Thilo Lob: „Das war doch schon immer dein Leibgericht, Thilo."

Er nickte mit breitgezogenem Mund und rieb sich über seine Wunde von gestern Abend. Sie blutete nicht mehr, juckte nur noch leicht.

Milena nuschelte: „Es schmeckt zum Kotzen."

Henriette hatte Milena nicht verstanden. „Was sagtest du mein Kind?", erkundigte sie sich.

Doch es klingelte und Milena antwortete nicht, sondern zog den Salatteller zu sich und fischte die Gurkenstückchen zwischen den grünen Blättern heraus. Sie sah konzentriert auf den Teller.

Thilo beobachtete sie. Wusste sie, wer geläutet hatte?

Das nächste Läuten verärgerte Henriette.

„Wer hat es denn so eilig zur Mittagszeit? Kannst du nicht mal nachsehen, Thilo?"

Er kratzte den Stuhl über den Boden, als er sich vom Tisch wegdrückte und aufstand.

Während Thilo zur Tür ging, klopften die Störenfriede inzwischen gegen die trübe Scheibe, die das Holz des Türblatts unterbrach.

Thilo hatte einmal eine dunkle Gardine genäht und sie davor gehängt, weil er nicht wollte, dass jemand seinen Schatten erkannte.

Er griff nach der Türklinke. Seine Hände schwitzten. Zuerst öffnete er nur einen Spalt, sah eine kleine Familie. Das Mädchen musste im Alter von Milena sein. Sie hatte eine kleine Wunde an der Nase.

Die Mutter begann sofort mit wütenden, schmalen Lippen zu sprechen. Trotzdem dämpfte sie ihre Stimme, hielt sie in den Konventionen des Umgangs unter Erwachsenen gefangen und verschloss sie sorgfältig in einem Dampfkochtopf.

„Wir möchten gerne mit Ihnen über ihre Tochter reden", meinte sie.

Ihr Mann drückte mit seinem schwarz behaarten Arm die Tür auf. Ging jedoch dabei einen Schritt zurück, als wollte er seiner Frau beim Klären von Zwischenmenschlichem den Vortritt lassen. Um seine Augen herum heischten aggressive Falten um Aufmerksamkeit.

Das Mädchen blickte betreten zur Seite, suchte eine Möglichkeit zur Flucht. Thilo empfand die Situation exakt genau so.

„Worüber?", presste er das Wort an seinem Kloß im Hals vorbei.

„Dort sitzt doch Ihre Tochter. Kann sie nicht auch dazukommen?" Die Muskeln tanzten um den sehnigen Hals der Frau.

Spätestens jetzt hätte Thilo die drei Leute vor seiner Tür hereinbitten müssen. Das wusste er, aber wie sollte er denn diesen Konflikt in Schach halten?

Die offensichtlich wütenden Eltern, von denen er immer noch nicht wusste, weshalb sie gekommen waren. Dann saß da Milena, die sonderbar ruhig immer noch in ihrem Salat pickte, als hätte sie nicht gehört, was diese gefährlich unter der Erde brodelnde Vulkanfrau gesagt hatte. Er ertappte sich bei dem Wunsch, dass Henriette für ihn sprechen würde.

Plötzlich wagte sich die Frau einen Schritt vor und rief in die Wohnung hinein: „Wir sehen dich. Komm doch mal her."

Milena sprang auf. Sie wischte versehentlich den Teller mit dem Sauerbraten vom Tisch. Er fiel zu Boden und verteilte kreiselnd die Soße.

Jetzt lief auch das Mädchen vor der Tür weg. Der Vater wollte sie festhalten, aber sie entglitt ihm und er verfolgte sie durch den Hinterhof hinaus auf die Straße.

Die Mutter, nun völlig schutzlos, öffnete das Ventil des Kochtopfs. „Ihre Tochter hat meiner Tochter eine blutige Nase geschlagen. Ich bestehe darauf, dass ihr Kind sich bei mir entschuldigt. Sie soll sofort hierherkommen."

Thilo öffnete den Mund, doch der Kloß war nun endgültig unpassierbar für Worte.

Dafür beschimpfte die Frau vor seiner Tür ihn immer weiter.

„Sie sind ja völlig unfähig. Überhaupt nichts haben Sie im Griff."

Der Vater brachte das Mädchen zurück. Mit gesenktem Kopf trottete sie voraus. Zornig beobachtete er ihre zaghaften Schritte und hätte sie wahrscheinlich am liebsten von hinten geschoben.

Die Mutter warf einen kurzen Blick auf ihre Familie und suchte mit ihren Augen Rückendeckung, bevor sie fortfuhr: „Kennen Sie Ihre Tochter überhaupt? Sie hat doch immer bei der Mutter gewohnt?"

Der Vater, nun endlich ausreichend angestachelt, um auch die Stimme zu erheben, wollte der Sache eine offizielle Note verleihen und sagte hinter dem Rücken seiner Frau:

„Wir werden uns an die Schulleitung wenden oder gleich ans Jugendamt."

Die Worte trampelten wie eine Elefantenherde durch die Wohnung.

Thilo hörte Henriette hinter sich. Sie näherte sich dem Geschehen, und er war froh, dass sie da war, dass sie für ihn sprach, dass sie für ihn agierte, dass sie ihn rettete vor der Außenwelt, die ihm Milena nach Hause gebracht hatte und mit der er überfordert war.

Seine Mutter, die einen Kopf kleiner war als er, stellte sich vor ihn.

„Wir reden mit dem Kind. Es tut uns leid. Hat sie dich geschlagen?" Henriette beugte sich zu dem Mädchen.

Sie hatte die gleichen nussbraunen, exakt kinnlangen geschnittenen Haare wie ihre Mutter, die jetzt über ihr Gesichtchen hingen und es verbargen. Den Kopf hatte sie zur Seite geneigt. Der Peinlichkeit der Situation nicht gewachsen betrachtete sie die Hosenbeine ihres Vaters.

Henriette richtete hingegen ihren Blick auf die Ebene der Erwachsenen.

„Wir können uns nur nochmals entschuldigen. Unsere Milena hat es nicht einfach. Ihre Mutter hat meinen Sohn und sie verlassen. Deswegen bin ich ja auch da, um zu helfen. Das Mädchen weint nachts und kann kaum etwas essen. Es ist belastend für uns alle. Milena ist kein schlechtes Kind, glauben Sie mir."

Die Mutter blinzelte und schluckte trocken. „Das ist natürlich alles schlimm und belastend für Milena, aber das entschuldigt keine Gewalt."

Henriette nickte. „Natürlich nicht. Wir werden mit ihr reden und dann wird sie sich bei Ihnen und Ihrem Kind entschuldigen. Geben Sie uns ein wenig Zeit."

Der Vater umfasste den Arm seiner Frau. „Die Leute hier sind doch bemüht. Wir warten auf die Entschuldigung. Vielen Dank."

Er zog seine Gattin weg von der Tür. Dabei stieß er seine Tochter zur Seite, die dadurch wie aus einer Paralyse erwachte und zu meckern begann: „Können wir jetzt endlich nach Hause?"

„Sie melden sich", meinte der Vater zu Henriette und zog seine Frau weiter, die noch immer nicht überzeugt war.

Sie zweifelte Henriettes Schauspiel an, nicht wie ihr Mann. Doch sie kam nicht mehr gegen ihre Familie an. Ihr Mann zog sie weiter und ihre Tochter war schon vorausgerannt. Die Familie ging unter dem kahlen Baum hindurch, weiter, hinaus aus dem Hinterhof, zurück auf die Straße.

Henriette warf die Tür ins Schloss. „Die sind wir erst mal los", atmete sie auf und lächelte schief. Es war ein grandioses Schauspiel, das sie eben da geliefert hatte. Dazu benötigte sie keine Bühne.

Thilo sah seine Mutter verzweifelt an, doch nicht wegen der Sorge um Milena oder weil er eine Einmischung des Jugendamts fürchtete, sondern, weil er Angst hatte, große Angst. Er brauchte seine Mutter, um zu überleben.

„Ich rede mit Milena", sagte Henriette.

„Nein", rief Thilo schnell. Mit seiner Tochter wollte er selbst sprechen. Hier sollte sich Henriette heraushalten. Das musste er alleine schaffen.

Für Milena hatte er soeben seiner Mutter die Stirn geboten. Er hatte sich ihrem Wunsch und Willen widersetzt.

Fass mich nicht an

Thilo hatte die Tür von Milenas Zimmer geschlossen. Unten hörte er, wie seine Mutter das Geschirr spülte, nicht nur sein Leben, sondern auch seine Küche in Ordnung brachte.

Milena starrte in die Ecke, in der nur die blassrosa Tapete zu sehen war. Nichts anderes, kein Bild, kein Möbel, nicht einmal ein wenig Unordnung konnte von der Stille der Wand ablenken.

„Sie sind weg", sagte Thilo in das Rosa hinein.

„Oma hat sie weggeschickt", antwortete Milena.

„In gewisser Weise." Seine eigenen Worte erdrückten Thilo.

Mit tiefgekrümmten Rücken saß er neben seiner Tochter auf dem Bett. Fast war er auf Augenhöhe mit ihr. Ihre Haare standen in rötlichen Kräuseln ab und überragten Thilo.

Ein paar Mal strich Milena über ihre dünnen Oberschenkel, die ihre schwarze Hose nicht ausfüllten. Dann erzählte sie: „Sie hat mich am Bauch festgehalten. Die anderen haben gelacht. Das fand sie toll. Sie hat auch gelacht und fester zugedrückt."

Thilo rieb über seine Wunde, die er sich gestern Abend zugefügt hatte. Belegt meinte er: „Das war gemein."

Milena schrie: „Das mit der blutigen Nase geschieht ihr ganz recht. Die Amöbe hätte mich loslassen können, dann wäre ihr nichts passiert."

Hoffentlich hörte Mutter es nicht.

Die Umkleidekabine roch objektiv betrachtet gar nicht so schlimm, doch dieser Raum der Demütigung, hätte auch nach einer frischen Frühlingsbrise riechen können und trotzdem wäre es Thilo davon schlecht geworden.

Heute hatten sie Fußball gespielt und er war wie immer als Letzter für eine Mannschaft ausgewählt worden. Er war sogar einer zu viel für die Mannschaftsgröße. Es wäre wunderbar gewesen, wenn er nur auf der Bank hätte sitzen müssen.

Doch dieser Vorzug war ihm nicht vergönnt gewesen. Der Sportlehrer wollte niemanden benachteiligen, keiner durfte auf der Bank warten, jeder musste durch die Halle hetzen, nach Atem ringen und schwitzend in die Umkleidekabine zurückkehren.

Die wilden Jungs hatten rote Gesichter. Um den verklebten Haaransatz der Mädchen flogen einzelne Härchen, die sich aus den stramm gebundenen Pferdeschwänzen befreit hatten. Thilo musste im Tor stehen, denn die anderen waren lieber Stürmer und rannten über das Feld.

Dort im Tor konnten alle die Fehler sehen, die Thilo beging. Er ließ fast jeden Ball ins Tor. Sie hassten ihn für seine Unfähigkeit, und so war es auch kein Wunder, dass die Jungen ihn nach der Sportstunde quälten.

„Thilo hat hässliche Unterwäsche. Die zieht seine Mutter ihm an", behauptete Frank.

Dass Mutter ihm die Unterwäsche anzog stimmte, aber sie war nicht hässlicher als die der anderen Jungen. Sie alle trugen dieselben weißen Hosen mit Eingriff und die Trägerhemden. Es war nur ein Vorwand, und woher sollte Frank wissen, dass Mutter Thilo noch immer anzog?

Frank klammerte seinen Arm um Thilos Hals. Er drückte nicht zu, hielt ihn nur fest. Alle lachten.

Andreas zog Thilos Unterhose herunter. Die anderen brüllten vor Lachen.

Keiner half Thilo.

Thilo erschrak, krampfte sich zusammen wie ein Regenwurm, der knapp einem tödlichen Tritt entkommen war. Milena wollte ihn trösten und hatte seine Hand berührt.

Er bemerkte erst jetzt eine Träne, die eine feuchte Straße in sein Gesicht gezogen hatte.

Er musste Minuten vor sich hingestarrt haben und dann hatte Milena ihre Hand auf seine Hand gelegt.

„Lass mich los", hatte er geschrien.

Ein Schmerz durchfuhr Milena.

Die gleiche Qual empfand sie, als ihre Mutter sie einfach abgegeben hatte bei Thilo, ihrem völlig verrückten Vater, den man nicht anfassen durfte.

Ihre Fäuste ballten sich. Blitze der Wut steuerten ihre schnellen Schläge. Sie prügelte auf Thilo ein.

„Ich hasse dich", rief sie immer wieder, und Thilo hob die Arme vor sein Gesicht.

Dann sah Milena Henriette in der Tür stehen und hörte auf, mit ihren kleinen Händen auf ihren großen Vater einzuschlagen.

Sie fauchte ihre Großmutter an: „Und du fährst auch nicht mit mir ans Meer. Keiner macht das!"

Henriette hielt entrüstet ihre Hand an die Brust.

„Kind, man hat auch seine Pflichten und kann nicht einfach immer machen, was man will. Hat deine Mutter dir das nicht beigebracht?"

Thilo stand auf.

„Es ist gut, Mutter. Wir lassen Milena jetzt alleine."

Ohne sie zu berühren, nahm er Henriette mit zur Tür hinaus.

Milena blieb zurück. Sie hatte sich hingestellt, aufgebaut vor Thilo und nun, da er die Tür schloss und sie alleine zurückblieb, ließ sich auf ihr Bett fallen.

Sie wollte nicht mehr weinen, sie hielt Frido einfach so fest. Vielleicht war es gut, wenn ihr Kuscheltier sie begleitete. Der kleine Bär war der Einzige, der nicht gegen sie war.

Sie musste hier weg.

Yannick

Milena hatte Frido tief in ihren Rucksack gestopft und war mit ihrer Schultasche morgens losgegangen. Thilo hatte ihr noch ein belegtes Brot eingepackt und Henriette hatte gemeckert, weil Milena den Grießbrei nicht hatte essen wollen.

Jetzt setzte sich Milena auf die Mauer im Park, von der sie den süßen Jungen aus ihrer Schule und seine Freunde beim Skateboardfahren beobachten konnte. Das letzte Mal hatte sie ihn von oben, über ein Geländer gebeugt, observiert. Thilo hatte im Eiscafé auf sie gewartet.

Heute war sie auf gleicher Ebene mit Yannick, so hieß er. Das hatte sie auf dem Schulhof gehört. Einer seiner Freunde hatte ihn gerufen.

Diesmal wollte sie, dass er sie sah. Der Verlust ihrer kompletten Familie hatte sie mutig gemacht - oder verzweifelt. Vielleicht würde sie ihn sogar ansprechen. Was hatte sie zu verlieren? Sie wusste nicht einmal, wo sie heute Nacht schlafen sollte.

Yannick fuhr eine Steigung hinunter. Sein Hemd flatterte. Das Brett schien an seinen Füßen zu kleben. Konzentriert setzte er zum Sprung auf eine Bank an, die er schräg mit der Brettunterseite streifte. Souverän landete er mit den Rollen am Boden und ließ das Board auf dem Weg ausrollen.

Er hob die Arme zum Sieg. Seine Freunde grölten, klatschten und klopften ihm auf die Schulter.

Ganz kurz sah Milena ihm in die Augen. Sie erschrak, ein Blitz durchfuhr ihren Magen, und trotzdem wandte er sich zuerst ab. Er traute sich auch nicht, aber er war doch nicht so wie sie, er hatte doch Freunde. Wahrscheinlich wollte er einfach nichts mit ihr zu tun haben, wie alle anderen auch.

Sie wurde traurig. Das letzte bisschen Wut, das sie noch auf Thilo hatte, wich endgültig dem Gefühl, allein und unverstanden zu sein. Die letzte Chance, die sie sich erhofft hatte, war in einem Nebel gefangen und wurde undurchsichtig und unerreichbar davongetragen in die Weite des Alls.

Unter ihren Schenkeln spürte sie die Kälte der Mauer, auf der sie saß. Sie starrte die Betonwand hinab, der Grenze zwischen Park und Stadtstraßen. Ihre Füße mit den Stoffturnschuhen baumelten an den Beinen, wie kleine Säckchen, die mit Sand gefüllt waren. Schwer drückten Milenas Fersen gegen die Wand und Tränen gegen ihre Augen, doch sie wollte nicht weinen.

Die Jungen fuhren ratternd über die Wege. Eine ältere Frau störte sich an ihrem Lachen und ihrer Geschwindigkeit. Kopfschüttelnd verließ sie ihren Platz unter einer Platane, klemmte ihren Roman unter den Arm und ging mit gestochenem Schritt in Richtung des Ententeichs.

Die Freunde stoppten, bildeten einen Kreis, redeten, zogen an ihren Hosen und strichen ihre Haare zur Seite. Einer nach dem anderen verabschiedete sich, sprang auf sein Brett und fuhr nach Hause bis nur noch Yannick alleine zurückblieb.

Milena stützte sich mit den Händen auf der rauen Mauer ab und sprang hinunter. Yannick kam ihr entgegen. Sein Skateboard trug er unter dem Arm.

Sie hielt den Atem an. Was sollte sie sagen? Er kam immer näher. Unter seinem offenen Hemd trug er ein T-Shirt mit einem Schriftzug, den sie nicht entziffern konnte. Braun wirbelten die Buchstaben auf dem Stoff und wanden sich umeinander in den Falten des großzügig geschnittenen Kleidungsstücks.

Auch Milena setzte ihre Füße voreinander. Erst den linken, dann den rechten. Ihre Schuhe klapperten nicht, sie schmatzten über den asphaltierten Parkweg. Ihre Hände schwitzten.

„Hallo", sagte sie, mehr fiel ihr nicht ein.

„Hallo", antwortete er abwartend.

Erst jetzt fiel ihr auf, dass er überhaupt nicht auf sie zugekommen war, sondern nur in diese Richtung ging, weil auch er, wie seine Freunde, nach Hause wollte.

Zuerst schämte sie sich, dass sie sich geirrt hatte und sich ihm so augenscheinlich aufdrängte, ohne dass er sie überhaupt zur Kenntnis nahm.

Doch sie hatte keine Zeit für Schüchternheit oder Zweifel. Sie musste ihn aufhalten. Es war ihre letzte Chance.

„Kannst du mir helfen?", fragte sie ihn.

Er setzte sein Skateboard seitlich auf den Boden. „Wie kommst du denn darauf?"

„Ich weiß sonst niemanden."

„Du bist doch auch an meiner Schule. Ich hab' dich schon gesehen." Er wickelte eines ihrer Löckchen um seinen Finger und lächelte schief. „Du hast coole Haare."

Das war sehr aufregend, aber er nahm einfach sein Brett wieder hoch und wollte vorbeigehen und sie stehen lassen.

„Warte", rief Milena schnell. „Hast du einen Platz zum Übernachten?"

„Wieso gehst du nicht nach Hause?" Er sah sie einen Moment an und meinte dann weiter: „Bist du abgehauen?"

Sie nickte.

Sein Gesicht erhellte sich. Irgendetwas hatte sich zwischen ihnen verändert. Vielleicht bewunderte er Milena für das, was sie tat. Möglicherweise wollte er genau dasselbe tun.

Oder er wollte vor seinen Freunden angeben, dass er ein Mädchen kannte, das von zu Hause ausgerissen war.

„Wie heißt du?", interessierte er sich für sie.

„Milena."

„Milena", wiederholte er langsam, bevor er sich selbst vorstellte. „Ich heiße Yannick."

Er konnte nicht ahnen, dass Milena seinen Namen bereits wusste.

Ein Schatten zog über sein Gesicht. „Zu mir nach Hause kannst du nicht. Meine Eltern streiten sich immer. Das hält niemand aus."

„Noch verrückter als meine Familie können sie auch nicht sein."

Plötzlich lachten sie zusammen, obwohl es überhaupt nichts zu lachen gab und es sehr traurig war, dass sie beide keine Geborgenheit kannten.

Es war das Gefühl von Verbundenheit, das beiden gefehlt hatte. Sie waren vereint im Schmerz.

„Niemand wird es bemerken, wenn du dich in meinem Zimmer versteckst", meinte

Yannick weich und nahm sein schrill orangefarbenes Skateboard auf.

Milena griff nach dem Riemen ihrer Tasche.

Die Kleidung der beiden und auch das Skateboard konnten nicht darüber hinwegtäuschen, dass sie verschüchterte Kinder waren, die auf dürren Beinen in eines ihrer sonderbaren Heime staksten.

Milena wusste nicht, wo Yannick wohnte. Sie traute sich nicht zu fragen. Sie glaubte, das Wundervolle, was geschehen war, zu zerstören. Sie wagte nicht einmal, ihn anzusehen. Vielleicht, war es doch nicht Yannick, der da neben ihr ging, nicht der Junge, für den sie bestimmt schon seit einem halben Jahr schwärmte.

„Hast du eine Fahrkarte für die U-Bahn?", fragte dann Yannick, ganz real.

Die Rolltreppen führten tief in die Erde zu den Betongängen für die U-Bahn. Yannick nahm den Zug mit der Nummer Fünf, der raus aus der Stadt führte, in die Vororte, wo zwischen den Häusern mehr Platz war und bunte Blumen vor den Haustüren die Wege säumten.

Schon beim Aussteigen roch Milena die reinere Luft, sah den hohen Himmel, der nicht durch unzählige Häuserschluchten durchschnitten war.

„Was ist?" Yannick lief vor sie und schritt rückwärts vor ihr her. Die Sonne schien in sein Gesicht.

„Hier ist es ein bisschen näher am Meer", freute sie sich.

„Am Meer? Wie meinst du das?"

„Es ist nicht mehr ganz so eng."

Sie zog die Schultern nach oben, ein paar Mal hintereinander. Ihre Haare wippten lustig und sie spürte eine Leichtigkeit, wie schon lange nicht mehr.

Doch Yannick teilte ihre Unbeschwertheit nicht. Er blieb an einer weißen Steinmauer stehen. „Du musst was über deine Haare machen. Sonst weiß jeder, dass du hier bist, wenn sie dich suchen."

Sie zog die schwarze Kapuze ihres Pullovers über ihr leuchtendes Haar und auch ein bisschen ins Gesicht.

Yannick hatte recht, dachte sie, sie musste aufpassen, damit keiner sie finden konnte. Sie wollte alle nie wiedersehen. Mama sowieso nicht, Oma war komisch und Thilo irre. Er machte ihr Angst. Früher hatte sie ihn gemocht, aber vielleicht auch nur, weil sie klein gewesen war und nicht gemerkt hatte, wie verrückt er war.

Yannick zeigte nach rechts und sie bogen in eine Straße mit größeren Häusern ein, um die hohe, dichte Zäune und dunkelgrüne Hecken die Blicke von draußen fernhielten.

Das Anwesen, durch dessen eisernes Tor sie schritten, war sogar mit einer dicken Mauer begrenzt. Ein gelber Sportwagen hatte mitten auf der Zufahrt der weißgetünchten Villa geparkt. Die Fahrertür stand offen.

Yannick kickte ohne Vorsicht dagegen, sodass die Tür schwer ins Schloss fiel und ein Fußabdruck auf dem glänzenden Lack zu sehen war. Jetzt erst entdeckte Milena auch die Schramme, die sich über die komplette linke Seite zog.

Yannicks Gesicht veränderte sich, als ob kurz die Falten sichtbar würden, die er bekommen würde, wenn er älter war.

Im Haus war es kalt. Milena fröstelte es und blieb dicht bei ihrem neugewonnenen Freund. Endlich ein Verbündeter und er schien sie zu verstehen. Das Gefühl kannte sie überhaupt nicht. Die Mädchen aus ihrer Klasse lebten in einer anderen Welt.

Als sie klein war, hatte sie gedacht, Thilo hätte sie verstanden. Doch das war alles nicht wahr.

Die freischwebende Treppe schwang sich in einer Kurve vom Eingangsbereich in den oberen Stock. Die Stufen vibrierten beim

Auftreten. Milena spürte es an ihren Fußsohlen.

„Die Haushälterin hat diese Woche Urlaub", meinte Yannick, dann sprang er ein Stück vor bis zu einer Zimmertür, die offen stand und zog diese schnell zu. Milena hörte nur ein hohes Schnarchen aus dem Raum.

„Ist das deine Mutter?", fragte sie. „Ist sie krank?"

Das kannte sie nicht, dass tagsüber jemand schlief, außer man war krank oder hatte Nachtschicht. Der neue Freund von Mama musste manchmal nachts arbeiten. Er war Polizist. Milena glaubte nicht, dass jemand, der in so einem Haus wohnte, nachts arbeiten musste.

„Krank ist sie schon", sagte Yannick kurz angebunden.

Sein Zimmer war ein paar Türen weiter, am Ende des Flurs.

Es war vollkommen überfüllt. Yannick hatte so unglaublich viele Dinge, die auf dem Boden verteilt herumlagen.

Schuhe und Kleidung, die er zum Teil noch nie getragen hatte, denn die Preisetiketten hingen noch daran. Acht Lautsprecher waren in vier Ecken verteilt. Sein breites Bett lag voll mit Spielkonsolen.

Auf einem Sofa mit kindlichen Automotiven staubten geplüschte Tiger, Löwen und

Hunde vor sich hin. Daneben in einer Kiste waren an die hundert Gummidinosaurier ineinander verhakt und neben dem Kleiderschrank türmte sich eine Rennbahn mit unzähligen Fahrspurelementen auf.

„Normalerweise nehme ich niemanden nach Hause", erklärte er sich. „Ich sollte das ganze Zeug mal in ein anderes Zimmer bringen. Es gibt ja genügend."

Verschmitzt und nur wenig schuldbewusst sah er Milena an.

Sie zog Frido aus der Tasche. „Ich habe auch noch ein Plüschtier. Er war immer bei meinem Vater und jetzt, da ich Frido eigentlich nicht mehr brauche, trage ich ihn im Rucksack herum."

„Haben sich deine Eltern scheiden lassen? Ich wünschte meine würden das endlich tun."

Er nahm einen Arm voll Plüschtiere und warf sie einfach auf den Flur hinaus. Dann griff er nach einem Hündchen. Es war nichts Besonderes. Wenn er ein wirklicher Hund wäre, hätten die Menschen Mischlingshund oder Promenadenmischung zu ihm gesagt. Als Plüschtier war er einer von der günstigen Sorte, von der Autobahnraststätte, wo man zwischen Toilettengang und schnellem Kaffee ein Kuscheltier als kleines Mitbringsel für die Kinder von Freunden aus den

Regalen zog. Yannick klopfte mit der Handfläche den Staub aus dem Kunstfell.

„So einen hätte ich gerne in echt. Dann bin ich nicht mehr alleine." Er setzte das braun gefleckte Hündchen sorgsam neben das Sofa auf den Boden.

„Aber du hast doch Freunde", wunderte sich Milena.

Yannick sagte nichts. Er sah sie nur an. Dann lachte er und bewarf sie mit den Löwen und Tigern.

Sie schleuderte die Stofftiere zurück, so lange bis sie alle im Zimmer verteilt lagen und das Sofa endlich seine Sitzfläche preisgab.

Sie ließen sich auf den Stoff mit den kleinen Automotiven fallen.

„Hast du Hunger?", fragte er und ohne eine Antwort abzuwarten, nahm er ihre Hand und zog sie hinaus in den Flur, die schwebende Treppe hinab in eine Küche, in deren Mitte ein großer Herd stand.

Yannick riss die Tür eines gigantischen Kühlschranks auf, die dick wie eine Tresorwand das Essen vor dem Verderb schützte. Eine Schachtel mit kalter Pizza und eine Flasche Cola zog Yannick aus dem Eisschrank.

Er warf die Tür wieder zu, drückte auf einen Knopf neben einer Einbuchtung des Edelstahls und Eisstückchen sprangen wie von Zauberhand aus dem Inneren des Kühlschranks. Sie hüpften auf den Boden und glitschen über die schwarz glänzende Oberfläche. Milena fing eines ein und lutschte, bis es ihr zu kalt wurde und sie es ausspucken musste.

Yannick tanzte zwischen den Eiswürfeln herum und seine flinken Beine kickten sie über den Boden.

Knallend stellte er die Colaflasche auf den Tresen und öffnete die Schachtel mit dem Pizzeria Aufdruck.

Milena griff hinein und zog ein großes Teig-Käse-Dreieck heraus.

Die eiskalte Pizza schmeckte ihr wie noch selten eine andere und der Schluck Cola, den sie aus der schäumenden Plastikflasche nahm, sprudelte aus ihrem Mund. Sie lachte und strich sich das klebrige Getränk aus dem Gesicht.

„Fährst du mit mir ans Meer?"

„Ja, lass uns ans Meer fahren", sagte Yannick sofort.

Seine Augen strahlten, bis er an Milena vorbei sah und von einer Sekunde auf die andere jeglicher Glanz aus ihnen wich. Sie erloschen regelrecht, wie ein Stückchen Kohle im Regen.

Milena drehte sich um. Am Herd stand eine Frau in einem zarten Morgenmantel. Sie war füllig um die Taille und doch grazil. Ihre Hände bewegten sich wie die Flügel eines Schwans.

„Du hast eine Freundin mitgebracht? Warum sagst du denn nichts? Soll ich euch etwas zu essen machen?"

Der Schwan war betrunken und büßte durch seine Rede Eleganz ein.

Yannick stand auf und klemmte sich die Pizza unter den Arm. „Milena, wir essen oben weiter."

Sie ging ihm nach. Vorbei an seiner Mutter, die aus glasigen Augen Milena unverständig anblickte.

In seinem Zimmer aß Yannick jedoch nichts mehr. Er starrte nur noch vor sich hin.

Milena warf ihr Pizzastück zurück in die Schachtel.

„Deine Mutter ist wenigstens nett. Meine will mich nicht mehr haben."

„Ich glaube, meine wollte mich auch noch nie haben. Schon bevor ich auf der Welt war. Ich habe ihre Karriere zerstört, wirft sie meinem Vater vor, wenn sie sich streiten. Er hat ja einfach weitergemacht. Ohne Rücksicht auf sie hat er die Kanzlei mit irgendeiner Partnerin eröffnet, die er fickt, sagt meine Mutter. Die gehen mir alle beide so auf die Nerven."

Er sah zu Milena. Sie hatte sich auf dem Sofa zurückgelehnt und starrte nach oben an die Decke. Ihre zarte, helle Haut schimmerte wie Elfenbein in der Nachmittagssonne, die Yannicks Zimmer durchflutete.

„Ja, tierisch auf die Nerven." Sie blinzelte und kippte mit dem Kopf auf der Rückenlehne zur Seite, sodass sie Yannick ansah.

Er ließ ihre Haare durch seine Finger gleiten.

„Ich bringe dich ans Meer", flüsterte er.

Sie berührte seine Hand, ganz leicht.

Milena fehlt

„Wo bleibt denn das Kind? Das Essen ist doch fertig."

Henriette stand am Herd und gab noch ein wenig Salz in die Suppe, die sie den ganzen Vormittag mit Hingabe gekocht hatte.

Thilo rief aus der Werkstatt: „Wahrscheinlich kommt sie wieder später."

Henriette stürmte zu Thilo und warf wütend ihre Schürze auf die Werkbank.

„Thilo, Milena nimmt sich zu viel heraus. Ich muss die Erziehung in die Hand nehmen. Du schaffst das nicht mit dem Mädchen."

Thilo verrutschte mit der Feile und verursachte eine unschöne Kerbe in dem wunderbaren Barockstuhl, den er zum Ausbessern eines Kratzers bekommen hatte.

„Sie wird sicher bald kommen. Vielleicht redet sie noch mit ihren Freundinnen."

„Sie ist doch wie du, sie hat doch gar keine Freundinnen", sagte Henriette einfach so.

Vielleicht war es ihr wirklich nicht bewusst, wie klein sie ihn redete, wie sehr sie ihn verletzte und schon immer verletzt hatte mit ihren gnadenlosen Feststellungen der

Wahrheit. Die Wahrheit, die sie wahr gemacht hatte, die es ohne seine Mutter überhaupt nicht gäbe.

Thilo legte die Feile zur Seite und ging um die Werkbank in Richtung Küche.

Fast flüsternd formulierte er seine Worte: „Lass uns essen, damit es nicht kalt wird. Ich wärme Milena die Suppe nachher noch mal auf."

„Genau das meine ich. Sie sollte kein Essen mehr bekommen, wenn sie nicht rechtzeitig nach Hause kommt."

Thilo wollte seine Mutter nicht hören. Laut öffnete und schloss er die Klappen an den Küchenschränken und holte zwei Suppenteller heraus.

Er schöpfte schwungvoll die Teller voll und verbrannte sich den Daumen.

„Verfluchte Scheiße!", schrie er und ließ den Teller auf die Anrichte knallen.

„Zu fluchen nützt jetzt auch nichts mehr."

Mit raschen Bewegungen und spitzem Mund wischte Henriette die verschüttete Suppe mit einem Lappen auf.

Sie nahm die beiden Teller, trug sie zum Esstisch und stellte sie dort ab. „Du schöpfst jetzt noch einen Teller Suppe und stellst ihn auf Milenas Platz. Dort bleibt er so lange stehen, bis sie heimkommt. Sie wird ihre Suppe kalt essen und ihren Teller selbst abspülen."

Thilo fühlte eine Schwere. „Jetzt lass sie doch. Sie ist ein kleines Mädchen und hat es nicht leicht." Für Milena konnte er reden.

Er ging zum Esstisch und setzte sich.

Henriette schöpfte Suppe auf einen Teller. „Du hast vollkommen recht. Das arme Mädchen mit dieser herzlosen Mutter, die sie einfach verstößt. Und genau deswegen braucht sie Klarheit, Pünktlichkeit, eine liebevolle Führung. Das hat dir doch auch geholfen mit deinen Schwierigkeiten, die du immer mit anderen Kindern und in der Schule hattest."

Thilo stand auf. „Kannst du meinen Teller auch stehen lassen? Ich muss mich kurz hinlegen. Mir ist nicht gut."

Am liebsten wäre er auf allen vieren die Treppe nach oben gekrochen, so sehr drückte ihn die Luft im Haus nieder. Aber er wollte nicht, dass Henriette ihn so sah.

Er schloss seine Zimmertür zweimal ab und setzte sich auf den Boden. Er lehnte sich gegen die kühle Wand. Seinen Kopf drückte er hart an die Mauer.

Henriette hatte sein Bett frisch bezogen, mit dem weißen Überzug. Thilo atmete schnell. Die Luft belegte zäh seine Lungenflügel. Er sprang auf, riss die Bettwäsche von seiner Decke und warf sie in die Ecke.

Dann öffnete er das Fenster und legte sich neben das Bett auf den Holzboden. Die kühle Luft von draußen umspülte ihn.

Thilo fiel in einen traumlosen Schlaf und erwachte erst wieder, als er von draußen Henriette an der Tür rütteln hörte.

„Thilo, ist alles in Ordnung? Was ist denn?"

Er schreckte auf. Sie hatte Angst, wie damals, als er beim Schneiden an seinem Arm zu stark auf das Messer gedrückt hatte. Sie hatte die Blutspur bis ins Badezimmer verfolgt, wo er auf dem Rand der Badewanne gesessen hatte. Mit Toilettenpapier hatte er das Blut abgewischt.

„Es ist nichts. Ich komme gleich."

Thilo drückte sich nach oben. Seine Gelenke waren steif gefroren von der Kälte. Draußen dämmerte es bereits. Das Licht fand nicht mehr in sein Schlafzimmer.

Er wartete, bis er sicher war, dass seine Mutter nicht mehr lauschte.

Doch beim Herunterdrücken der Türklinke hörte er sie schon: „Wieso verschläfst du denn den ganzen Nachmittag? Wirst du wieder krank?", rief sie von unten.

„Ist Milena in ihrem Zimmer?"

Thilo rieb sich die Erschöpfung aus dem Gesicht, die vom Schlafen nur noch schlimmer geworden war.

„Nein, sie ist immer noch nicht da." Henriette stand mit verschränkten Armen an der untersten Treppenstufe.

Thilo erstarrte. Natürlich, sie war weggelaufen. Es gefiel ihr nicht bei ihm. Kein Mensch hielt es bei ihm aus.

Er eilte in ihr Zimmer. Frido war weg und ihre Kleidung. Mit flinken Augen suchte er das Zimmer ab, als könnte er Spuren finden, die ihm zeigten, wo Milena sich aufhielt.

Hinter sich roch er Henriette. Ein wenig hatte der Geruch sich verändert. Die Basisnote war gleich geblieben. Es hatte sich nur ein wenig „Alt" darüber gelegt.

Ihre Stimme schepperte in seinen Ohren: „Wie du damals. Sie wird nicht weit kommen. Sie ist wie du." Ihre Mundwinkel zogen sich nach unten.

Thilo hatte ganz viel eingepackt, auch Süßigkeiten, seine Fahrkarte und das Geld, das er zum Geburtstag von Tante Mathilde bekommen hatte.

Es war Sonntag und seine Mutter schlief noch so früh am Morgen.

Thilo setzte sein Wanderrucksäckchen auf und sah sie noch einmal an, wie sie leise schnarchend im Bett lag. Sie trug Lockenwickler auf dem Kopf. Er hatte sich schon immer gefragt, wie man mit diesen piksenden

Dingern am Kopf schlafen konnte. Beim Haare eindrehen musste er ihr immer die Haarnadeln reichen.

Leise schloss er die Tür zum Schlafzimmer. Jetzt war Mutter weg. Thilo fühlte ein Kribbeln. Zur Wohnung hinaus fehlten nur noch ein paar Schritte. Es war nicht weit.

Auch die hohe Wohnungstür schloss er sanft. Er hielt sich am Treppengeländer. Vorsichtig stieg er die Steinstufen hinunter. Seine Mutter ermahnte ihn immer. Er durfte nicht hinunterhüpfen, damit er nicht hinfiel und sich wehtat.

Thilo nahm sich vor, nie mehr vorsichtig zu gehen und begann, die zwei Stockwerke auf der Treppe hinunter zu hopsen. Auf der Straße rannte er.

Das Muster, in denen die Pflaster auf dem Bürgersteig angeordnet waren, flog an ihm vorbei. Er kannte es ganz genau. Auf dem Weg zur Bushaltestelle sah er sonst immer zu Boden. Dann musste er niemanden grüßen und die anderen Kinder ließen ihn eher in Ruhe.

Heute lief er aufrecht. Seine Sachen im Rucksack sprangen auf und ab wie er.

Um sechs Uhr zweiundvierzig fuhr der Schulbus.

Thilo war pünktlich, er war immer pünktlich. Er wollte nicht zu Hause bleiben.

Das Holzhäuschen an der Bushaltestelle wartete einsam auf ihn. Er setzte sich auf das Bänkchen im Inneren, unter dessen Latten eine ganze Reihe Kaugummis klebten.

Immer wieder fasste Thilo an die harten, glatten Halbkugeln, strich mit den Fingern über die Oberfläche. Der Speichel der privilegierten Kinder, die den gezuckerten Kautschuk kauen durften, war getrocknet.

Thilos Mutter mochte das Kauen nicht.

„Du bist doch keine Kuh!", hatte sie gesagt, als er die bunten Kaugummi-Kugeln in dem Automaten am Gasthaus bewundert hatte.

Thilo schaute auf seine Armbanduhr. Sechs Uhr vierzig zeigten die digitalen Zahlen. Die einzelnen stählernen Glieder des Uhrenbandes klemmten die Härchen an seinem Handgelenk ein und ziepten an ihnen. Aber er liebte seine Uhr. Die Zeit der Zeigeruhren verstand er nicht.

Die Sonne tauchte schon zwischen den Häusern auf. Der Sommer weilte im Land und bald waren die großen Ferien. Gut, dass Thilo von zu Hause abhaute, sonst hätte er wieder den ganzen Sommer mit seiner Mutter verbringen müssen.

Er hatte keine Ahnung, wohin er gehen sollte, aber alles war besser, als zu Hause zu bleiben. Er musste sich einfach durchschla-

gen, wie der Junge in der Geschichte. Thilo hatte sich das Buch in der Bibliothek ausgeliehen und heimlich gelesen.

Eigentlich war das ein Buch für Erwachsene. Die Eltern des Jungen waren gestorben und er musste in ein Kinderheim, in dem die Erzieher die Kinder schlimm behandelten. Von dort riss der Junge aus.

Die Kirchenglocke läutete und störte Thilos Gedanken. Es war schon sechs Uhr fünfundvierzig. Wo blieb der Bus? Schon drei Minuten war er zu spät.

Thilo kratzte sich in der Ellenbeuge, immer stärker. Als er plötzlich seine Mutter auf der anderen Straßenseite sah, riss er ein Stück Haut mit seinen Fingernägeln weg und es blutete.

Mutter trippelte mit ihren Pantoffeln und im Morgenmantel auf ihn zu. Ihre Lockenwickler hatte sie unter einem Kopftuch versteckt.

Mit weit aufgerissenen Augen sprach sie auf ihn herab: „Thilo, heute ist doch Sonntag. Hast du den Tag verwechselt? Was ist denn los?"

Dann sah sie seine Reisetasche. Ihre Augenbrauen kräuselten sich wie die Wellen in einem bevorstehenden Sturm, ihr Mund wurde spitz wie ihre Haarnadeln.

Sie packte ihn am Arm und riss ihn hoch. Dabei fasste sie in die blutende Stelle, aber das machte Thilo nichts aus. Viel schlimmer war, dass seine Reise in die Freiheit schon endete.

Seine Mutter zog ihn hinter sich her. „Du kommst jetzt sofort nach Hause. Du dummer Zwerg, hast du wirklich gedacht, sonntags fährt der Schulbus?"

Henriette lachte neben ihm. „Wie du da gesessen bist, sonntags an der Bushaltestelle, und ich dachte zuerst, du wärst auch noch Schlafwandler geworden. Das hätte zu dir gepasst, du Traumtänzer."

Ihr Lachen wurde zu einem einseitigen, überheblichen Hochziehen des Mundwinkels, als sie noch hinzufügte: „Lass mich Milena suchen. Du kannst das doch nicht."

Thilo nahm einen Schritt nach hinten, schrie aber nach vorn: „Ich werde Milena suchen!"

Henriette zuckte zusammen.

„Was schreist du denn jetzt so? Ich will dir doch nur helfen. Ich verstehe dich nicht, Thilo." Sie straffte ihren Rücken, begab sich zurück in ihre gespielte Überlegenheit, die sie einen Moment verloren hatte und fragte: „Ist Milena vielleicht zu ihrer Mutter?"

Thilo hatte seiner Wut Ausdruck verlieren. Es hatte ihm einerseits gutgetan. Jetzt hatte er jedoch gegenüber seiner Mutter ein schlechtes Gewissen. „Niemals", antwortete er leise.

„Ja, das glaube ich auch nicht. Schreckliche Mutter, die sich nicht um ihr Kind kümmern will. Ich war immer für dich da, hab mich immer um dich gekümmert." Henriette schüttelte den Kopf.

„Haben wir Milena zugehört?" Eine Ahnung bildete sich in Thilo.

„Wie meinst du das?", fragte Henriette.

„Ihre Bedürfnisse."

„Ein Kind braucht Liebe und Geborgenheit, aber sie ist ja so ablehnend. Ich hätte ihr das geben können. Bei dir habe ich das schließlich auch so gemacht."

Thilo wurde unsagbar übel. Er musste aufstoßen. Speichel sammelte sich in seiner Mundhöhle. Er hielt sich die Hand vor den Mund und rannte schnell ins Badezimmer.

Er schloss die Tür ab, sah noch, wie die Klinke heruntergedrückt wurde. Aber Henriette sollte ihm nicht die Stirn halten, wie sie es früher getan hatte.

Sein Körper krampfte sich zusammen und er erbrach sich in die Toilette. In Wellen würgte es immer wieder seinen Mageninhalt nach oben und er übergab alles dem Abfluss. Er konnte sich nicht erinnern, so viel gegessen zu haben, wie nun die Mengen fontänenartig aus ihm herausschäumten.

Auch ein Rest Buttercremetorte, die sich seit Jahrzehnten irgendwo in seinem Körper versteckt hatte, suchte sich endlich den Weg nach draußen.

Der Arzt hinter dem Schreibtisch studierte die Dokumentationskarte. Mutter nestelte an ihrer Tasche herum. Thilo rutschte auf dem kalten Stuhl hin und her.

„Wie oft erbrichst du dich denn?" Auf die Frage des Arztes zog Thilo die Schultern nach oben.

Die Mutter antwortete für ihren Sohn: „Täglich, manchmal mehrmals."

Der Mediziner mit der Halbglatze nickte abwesend und sah durch seine dicke Brille auf Thilo, der den Blick senkte. Das braune Linoleum war mit hellen Flecken gemustert und eine Staubwolke ruhte einsam neben dem Tischfuß.

Der Arzt atmete sorgenvoll aus.

„Der Internist hat auch keine körperliche Ursache gefunden. Eventuell könnte es psychische Gründe haben. Ich kenne da eine gute Therapeutin, die vielleicht mal mit Thilo reden könnte."

Mutter schüttelte den Kopf und lachte unverständig.

„Nein, niemals. Sie müssen eben den Magen noch mal röntgen. Da muss etwas sein.

Wieso sollte es dem Kind denn sonst so schlecht gehen?"

„Sehen Sie, Kinder haben oft Bauchschmerzen und Übelkeit, wenn sie Angst haben oder mit etwas nicht zurechtkommen. Hat er Probleme in der Schule? Oder ich weiß ja nicht, was bei Ihnen zu Hause los ist."

„Was soll denn bei uns zu Hause los sein?" Mutter sprang auf und klopfte mit der geballten Faust auf den Tisch. „Mein Sohn ist doch nicht verrückt und ich auch nicht, Sie Quacksalber."

Der Arzt starrte sie irritiert an.

Thilo spürte ihre Hand, die an seinem Arm zog, ihn hinauszog, weg von dem Doktor, der irgendetwas wusste oder ahnte oder ihm auch nur helfen wollte, gesund zu werden.

Draußen rannte er ihren wütenden Schritten nach. Ihre Absätze klapperten, ihr Rock wackelte, ihr Haar wippte und schien die Fassung zu verlieren.

Der Weg zum Krankenhaus im anderen Teil der Stadt war weit und Thilo konnte fast nicht mehr, als sie endlich durch die Schiebetür in die Klinik eintraten.

Thilo war außer Atem und er hatte Durst. Sicher war er auch blass. Das sagte Mutter immer zu ihm, dass er blass aussah. Dann fühlte er sich noch komischer und auch noch hässlich dazu.

An der Pforte redete sie durch das Loch in der Scheibe zu einem Herrn mit stramm nach hinten gekämmten Haaren: „Mein Sohn hat schlimmes Dauererbrechen seit gestern Abend. Ich brauche schnell ein Medikament dagegen."

Sie zeigte auf Thilo, der wirklich blass, atemlos und leicht gekrümmt neben ihr stand.

Der Mann zog mitleidig die Mundwinkel breit und erklärte, wo sich die Notaufnahme befand.

Die junge Ärztin legte Thilo eine Infusionsnadel. Ihm schossen Tränen in die Augen. Die Nadel bohrte sich brennend unter seine Haut. Die Flüssigkeit, die in seine Venen lief, tropfte aus einer Flasche in den dünnen Infusionsschlauch.

Seine Mutter lächelte und setzte sich auf die Liege, dicht neben ihn.

„Jetzt wird es dir bald besser gehen."

Sie sollte recht behalten. Das Mittel gab es auch als Tabletten, und Mutter fand einen Arzt, der sie Thilo verschrieb.

Er musste sich nicht mehr die Hand an den Mund pressen und zur Toilette rennen, aber was ihm viel besser gefiel, er konnte endlich schlafen und hatte fast keine Albträume mehr. Er wurde müde und ein wenig gleich-

gültig von dem Medikament. Das war angenehm.

Thilo zog die Spülung und wischte sich über den Mund. Dann stellte er sich an das Waschbecken und betrachtete sein Gesicht im Spiegel. Er hatte Ähnlichkeit mit seiner Mutter. Das hatten immer alle gesagt, sogar seine Frau. Es waren die Augen, der Blick auf die Welt. Dieses wässrige Blau.

Seine Tochter hatte strahlende Augen. Ihr Blick war klar.

Thilo nahm seine Zahnbürste und drückte die weiße Masse der Zahnpasta auf die Putzborsten, so viel, bis der Strang abriss und zum Teil im Waschbecken landete. Er wollte den Geschmack des Erbrochenen mit Fluor und Minze vertreiben.

Thilo stellte das Wasser an, spülte seinen Mund und schnäuzte die Nase auf die stumpfe Keramik. Er drückte stark die Bürste gegen seine Zähne und die Putzcreme schäumte aus seinem Mund.

Erst nach Minuten hörte er auf. Spülte vielfach mit klarem Wasser den brennenden Schaum aus seinem Mund. Er wusch sich das ganze Gesicht. Das Wasser tropfte von seiner Nase. Auf dem Brett unterhalb des Spiegels stand der blassrosa Zahnputzbecher von Henriette mit ihrer Bürste darin.

Thilo zog sich seine Putzhandschuhe über die Hände und nahm die Zahnbürste seiner Mutter.

Dann schüttete er Reiniger in die Toilette und schrubbte mit der kleinen Bürste die versteckten Unterseiten der Schüssel. Zentimeter für Zentimeter arbeitete er sich vor. Der festsitzende Urinstein schäumte gelb auf. Thilo gab nicht auf, bis er die ganze Umrundung geschafft hatte.

Er zog noch einmal die Spülung und das Wasser nahm die gelben Schlieren mit in die Kanalisation. Die Zahnbürste spülte er in der Toilettenschüssel aus und ließ sie dann in den Becher fallen, zurück an ihren Platz.

Die Borsten hatten gelitten. Sie standen seitlich ab, aber er glaubte nicht, dass Henriette etwas bemerken könnte. Zu wässrig war ihr Blick.

Sie stand noch immer vor der Tür des Badezimmers und fing ihn ab. „Hast du das immer noch mit dem Brechen?"

„Wieder." Er schob sich an ihr vorbei. Aus seinem Schrank packte er ein paar Sachen in einen Rucksack.

„Wo willst du denn jetzt noch hin?"

„Ich gehe Milena suchen."

„Ohne mich?"

Thilo antwortete nicht. Schnell lief er aus dem Haus und schlug die Tür hinter sich zu.

Milena geht allein

Yannicks Arm umschloss Milena warm und zart. Sie schmiegte sich mit dem Gesicht an ihn.

Die Bettdecke lag kuschelig auf ihnen und durch den Vorhang am Fenster schimmerte ruhig das Mondlicht.

Yannick hielt Milena. Sie fühlte sich beschützt. Das war ein neues Gefühl, dieses ‚sich Berühren'.

Sie blinzelte in die Nacht. Einschlafen konnte Milena nicht. Sie dachte an Thilo. Er tat ihr leid. Bestimmt machte er sich Sorgen. Ihr Gewissen nagte an ihr, doch sie konnte nicht zurück. Er sperrte sie in seine Dunkelheit mit ein.

Yannick schreckte auf und auch Milena hörte seine Mutter schrill aufkreischen.

„Jetzt hat er sie geschlagen." Yannick räusperte sich.

„Was?" Milena atmete schneller.

„Sie schreien schon eine Weile in der Garage herum. Jetzt sind sie reingekommen, er will zu Bett, aber sie lässt ihn nicht. Sie schreit immer weiter und irgendwann tickt er aus und schlägt auf sie ein und sie schlägt zurück."

Er zitterte. Schattig zog das Mondlicht über sein Gesicht. Er war ein klitzekleiner Junge mit großer Angst und viel Traurigkeit. All das spürte Milena in ihrem Herzen, wo es sich mit ihren eigenen Verletzungen verbündete und wie Bakterien vervielfältigte.

Yannick redete weiter. „Ich gehe manchmal dazwischen, sonst hätten sie sich wahrscheinlich schon gegenseitig umgebracht."

Es war, als müsste er sich dafür entschuldigen, dass er den Streit seiner Eltern nicht lösen konnte.

Milena nahm ihn in die Arme. Er versteifte sich. Milena schmiegte sich an ihn, doch es fühlte sich an, als würde sie ein raues Brett umarmen. Sie ließ ihn los, wandte sich ab, damit er ihre Tränen nicht sehen konnte.

„Nicht weinen." Er legte seine Hand auf ihre Schulter.

Sie hörte seinen Vater brüllen und Möbel, die umgeworfen wurden.

Yannick ließ seine Hand an ihrem Rücken nach unten streichen. Zornig sagte er: „Die spinnen doch komplett. Sie hat doch gesehen, dass du da bist. Nicht einmal, wenn ich Besuch habe, können sie ihre Fresse halten."

Er hüpfte vom Bett und schloss beim Hinausgehen die Zimmertür. Milena schlich zur

Tür und öffnete sie wieder, sodass sie auch die Worte hörte, die unten geschrien wurden.

Sie hörte die Anklagen, die das Paar, das durch die Liebe zusammengefunden hatte, gegeneinander erhob.

Die enttäuschte Ehefrau formulierte ihr Plädoyer: „Sieh dir doch deinen Sohn an. Er wird von der Schule fliegen und seine sogenannten Freunde ziehen ihn noch mehr in den Abgrund. Es ist kein Wunder. Das ist alles deine Schuld. Durch deine Affären machst du alles kaputt. Du bist so rücksichtslos."

„Ich? Du bist doch den ganzen Tag zu Hause und liegst besoffen im Bett, statt dich um Yannick zu kümmern. Dein neues Auto hast du auch schon wieder ruiniert."

„Das ist natürlich das Schlimmste, ein Kratzer an deinem heiligen Auto. Du reißt riesige Wunden und Krater in unser Leben. Du Versager, ich hasse dich!"

Milena hörte Yannicks Stimme.

Er war fast so laut wie seine Eltern.

„Ich habe Besuch. Seid endlich ruhig! Einmal, ein einziges Mal. Ich bringe sonst nie jemanden mit nach Hause."

Nach einer kurzen Pause redete seine Mutter.

„Ach, das Mädchen, ist es noch da?"

„Was für ein Mädchen?", fragte Yannicks Vater. „Wie alt ist sie? Du bist doch noch nicht mal fünfzehn. Pass bloß auf, dass nichts passiert."

Die Stimme der Mutter wurde giftig: „Du hast wieder nur das Vögeln im Kopf. Yannick ist nicht so primitiv wie du."

Der Vater donnerte: „Ja, natürlich, ich bin das triebgesteuerte Schwein und du die heilige Mutter Gottes mangels Gelegenheit."

Milena hörte Yannick. Er klang anders, seine angenehme Stimme war schrill: „Ihr denkt nur an euch selbst. Ihr tut euch so leid. Ich schäme mich dafür, dass ihr meine Eltern seid."

Mit wilden Schritten rannte er die Treppe hinauf und über den Flur. Sie wich ihm aus. Er knallte die Tür hinter sich zu.

„Tut mir leid. Sie sind grässlich."

Milena nahm seine Hand. „Lass uns mit dem ersten Zug ans Meer fahren", meinte sie.

Er sah ihr in die Augen. Dann küsste er sie. Leicht und weich spürte sie ihn auf ihren Lippen.

Yannick lächelte. „Bis dahin sollten wir noch ein bisschen schlafen."

Sie schliefen nicht. Sie lagen da, hielten sich an der Hand und beschützten sich gegenseitig.

Milena richtete sich auf, obwohl es noch dunkel war. Sie wollte auf keinen Fall den Zug versäumen.

Yannick war nun doch eingeschlafen. Er sah im Schlaf erschöpft aus. Sie überlegte, ob sie warten sollte, bis er von selbst aufwachte. Doch dann dachte sie, hier konnte er niemals ausgeruht sein. Seine Eltern zehrten an ihm, egal, wie lange er schlief. Solange sie in seiner Nähe waren, raubten sie ihm seine Energie und sein Leben.

Sie strich über sein Gesicht und rüttelte vorsichtig an seiner Schulter, bis er die Augen öffnete.

Er blinzelte, und sie spürte schon, was er sagen wollte.

„Ich kann hier nicht weg. Ich muss mich um meine Mutter kümmern. Ich habe sie schon einmal mit aufgeschnittenen Pulsadern gefunden."

Milenas Herz schlug laut in ihrer Brust. Yannick schickte sie alleine auf den Weg. Sie sollte alleine mit dem Zug ans Meer fahren? Konnte sie das schaffen? War sie dazu nicht eigentlich noch viel zu klein?

Doch anscheinend war sie die Einzige, die es überhaupt schaffen konnte, die den Willen dazu hatte.

Sie stand auf und schlüpfte in ihre Hose. Der Rucksack fühlte sich leichter an als gestern. Milena musste nur noch sich alleine tragen.

Sie nahm Frido, ihren Teddy, auf den Arm und gab ihn Yannick. „Ich schenke ihn dir. Du brauchst ihn."

Yannick nickte und drückte den Bären.

Milena ging nach draußen.

Milena bewegt sich

Milena passierte das große Tor von Yannicks Heim. Sie war froh, dass es schon dämmerte. Doch auch das graue und kalte Zwischenlicht war unheimlich.

Leise klatschend hallten ihre Schritte durch die schlafenden Straßen und auch die Häuser schlummerten noch. Feste Zäune schützten die Menschen vor den Gefahren von außen. Vor dem, was drinnen war, mussten sie sich selbst schützen.

Von Weitem konnte sie schon den Hinweis auf die Untergrundbahn erkennen. Die Neonröhre im blauen U-Bahn Schild flimmerte.

Die Rolltreppe setzte sich von selbst in Gang, als Milena auf sie trat. Das Mädchen fuhr hinunter in die unterirdische Haltestelle.

Niemand außer ihr war am frühen Morgen so weit außerhalb der Stadt unterwegs.

Milena ging zu den Gleisen und setzte sich auf eine Bank, die an der gekrümmten Tunnelwand befestigt war.

Die Schienen lagen bewegungslos vor dem Bahnsteig und nützten nichts ohne die Züge, die auf ihnen fuhren.

Furchtbar müde legte Milena sich zur Seite, auf ihren Rucksack. Ihr Kopf fiel auf die weiche Kleidung. Kurz schloss sie ihre brennenden Augen. Erst jetzt bemerkte sie, dass Unruhe von ihr Besitz ergriffen hatte, denn ihr Ziel war nun so nah und erreichbar.

Die Schwere der durchwachten Nacht übermannte sie, doch nur wenige Sekunden. Dann stürzte sie im Traum eine lange Treppe hinunter in die Finsternis. Sie schreckte auf.

Der Zug fuhr ein. Sie spürte den Wind, fröstelte und beeilte sich, in einen der warmen Waggons zu kommen.

Eine Frau mit Augenrändern sah kurz auf, als Milena einstieg. Sie trug einen kurzen Rock und strich sich über das Gesicht, als hätte sie eine schwere Arbeit getan.

Milena fasste in ihre Hosentasche. Da war er noch, der Geldschein, den sie mitgenommen hatte, als ihre Mutter sie bei Thilo hatte abgeben wollen. Die hundert Euro, die Thilo ihr zu ihrem zehnten Geburtstag geschickt hatte.

Das war das erste und letzte Mal gewesen, dass er sich gemeldet hatte und auch den hundert Euro lag nur eine unpersönliche Geburtstagskarte bei. Es grenzte fast schon an ein Wunder, dass Thilo unterschrieben hatte. Ihre Mutter machte sich lustig über seine Schrift, die laut ihr aussah wie die eines Grundschülers. Milena schnappte sich das Geld und deponierte es in ihrer Spardose.

Immer wieder meinte ihre Mutter, Milena könnte es doch auch zur Familienkasse beisteuern, wenn sie es doch nicht ausgebe. Nicht, dass die Familienkasse so knapp wäre. Es ging ihrer Mutter darum, die Erinnerung auszumerzen. Die Erinnerung an Thilo.

Doch Milena hatte das Geld aufbewahrt, bis sie es für etwas wirklich Wichtiges nutzen konnte, und dieser Zeitpunkt war nun eindeutig gekommen.

Sie fuhr bis zum Hauptbahnhof, wo sie sich in die Schlange auf der Rolltreppe einreihte, die alle Reisenden in das Tageslicht im Bahnhofsgebäude trug. Dort entließ sie auch Milena in das Getümmel.

Die Menschen waren zahlreicher und rannten hektisch durcheinander. Anzugträger und geschminkte Frauen hasteten an Milena vorbei ins Büro. Sie sah auch einige Schüler und drehte sich weg, damit keiner entdeckte, dass sie nicht auf dem Weg zur Schule war.

Der Duft von Brötchen schmeichelte ihr. Sie entdeckte Menschen, die sich in einer

Schlange aufgereiht hatten, um sich Kaffee und ein Croissant zu holen, damit der frühe Morgen ein wenig von seiner Trostlosigkeit verlor.

Milena holte sich kein Croissant. Sie musste sparen und hatte sich die kalte Pizza von Yannick für ihre Reise eingepackt.

Die Fahrkartenautomaten standen in einer Linie, als würden sie nur auf Milena warten, die jetzt ihren Weg ans Meer antrat.

Zitternd tippte sie mit ihren schmalen Fingern auf dem Bildschirm das Wort Nordsee ein.

Von der Nordsee hatte sie Bilder gesehen und sie wusste, dass dieses Meer nicht so weit entfernt war. Bestimmt würden die hundert Euro mehr als ausreichen, um dorthin zu gelangen.

Sie entschied sich für das erste Dorf, das die Anzeige einblendete. Sie berührte das Wort BEZAHLEN und erschrak über die Summe. Für eine Rückfahrt reichte das Geld nicht mehr. Dennoch schob sie, ohne zu zögern, ihren grünen Schein in den Automaten.

Die Fahrkarte wurde gedruckt und ausgespuckt. Klackernd hüpften die Münzen im Wechselgeldschacht.

Milena zog den Fahrschein heraus und fühlte sich selbstbestimmt. Sie hatte die

Entscheidung getroffen und sie führte ihren Plan aus. Auch wenn Angst sie lähmen wollte, wusste sie, dass es keinen anderen Weg gab.

Die schweren Münzen steckte sie in ihre Jeans. Das wichtige Ticket behielt sie in ihrer verschwitzten Hand und trug es mit sich auf Gleis fünf.

Auf dem windigen Bahnsteig zitterte sie, ob vor Kälte oder Angst wusste sie nicht.

Was von beiden es auch war, ihr Ziel stand fest.

Thilo hat das Ziel vor Augen

Zuerst war Thilo nur vor seine Mutter davongelaufen, zur Tür hinaus in das Dunkel, doch dann lief er immer weiter durch die Nacht.

Seine Füße schmerzten. Dafür war er sich jetzt sicher. Milena wollte ans Meer vom ersten Tag an, als sie zu ihm zurückgekommen war, und nun würde sie ans Meer fahren. Alleine, weil niemand den Mut hatte, ihr zu helfen, und weil sie sich auf niemanden verlassen konnte. Alle logen sie an.

Das Kopfsteinpflaster vor dem Bahnhof brachte ihn ins Wanken. Seine Beine waren müde. Er hatte sein Ziel erreicht.

Mit weichen Knien durchschritt er den Eingang zur Bahnhofshalle.

Die Bahnberater warteten in einem Glaskasten auf ihre Kunden, die nicht genau wussten, wo die Reise hingehen sollte oder wie sie preisgünstig an ihr Ziel kommen.

Thilo würde reden müssen. Einem der Berater würde er sagen müssen, dass er nicht mal wusste wohin, und er würde fragen müssen, was das beste Ziel für seine Zwecke wäre. Es musste eine richtige Unterhaltung mit unklarem Ausgang sein.

Thilo stellte sich hinter einer barfüßigen Frau mit langen Dreadlocks an. Eine Schlange Menschen wartete, bis einer der Bahnmitarbeiter frei wurde und dann ein Kunde nachrücken durfte.

Thilo könnte Pech haben und die nette Dame, die er gerade beobachtete, würde ihn beraten.

Sie lachte viel und hatte Freude daran, für andere schöne Reisen oder einfach Zugverbindungen zu finden. Ihr Blick war so offen, dass er fast körperlich berührte.

Die Frau vor ihm patschte mit ihren nackten Füßen zu einem der männlichen Berater. Geringschätzend zog der Bahnmitarbeiter seine dunklen Augenbrauen nach oben und musterte sie mit einem finsteren Blick.

Thilo stockte der Atem. Mit Entsetzen bemerkte er, wie die Dame ihre großen, weiten Augen auf ihn richtete und sie ihn lächelnd einlud, zu ihr an den Schalter zu kommen.

Stockende Schritte trugen ihn und schon strahlte sie ihn aufdringlich an. „Was kann ich für Sie tun?"

Thilo hätte sich am liebsten geschützt und wie im gleißenden Sonnenlicht die Hand vor die Augen gehalten.

Doch dann dachte er an Milena, an seine Tochter, und presste die Worte heraus: „Ans Meer."

„Einfach ans Meer, wie schön", begeisterte sie sich, „so frei möchte ich auch sein. An welches Meer haben Sie da gedacht?"

Thilo fühlte sich keineswegs frei. Seine Muskeln spannten sich an. Seine Kiefermuskulatur blockierte jegliche Bewegung. Er musste sich zusammenreißen. An welches Meer würde Milena fahren? Das Mittelmeer war zu weit weg. So viel Geld hatte sie überhaupt nicht zur Verfügung.

„Gibt es etwas mit Meer im Namen?", fragte er verzweifelt.

Mit flinken Fingern tippte sie und sah auf ihren Bildschirm.

„Nein", bedauerte sie.

„Dann die Nordsee."

Schließlich war es naheliegend, dass Milena einfach das nächste Meer nehmen würde. Vielleicht hatte sie mit den hundert Euro bezahlt, die er ihr einmal geschenkt hatte.

„Mit Nordsee gibt es was", strahlte sie schon wieder. Ihre hellbraunen Augen funkelten vor Begeisterung. Sie fragte: „Wann möchten Sie fahren?"

„Jetzt natürlich, sofort", meinte Thilo.

Ihre vollen Lippen formten laute Worte: „Toll, und zurück?"

Sie rief so, dass jeder es hören konnte und dass Thilo deswegen kurzatmig wurde.

Er starrte sie an und die vielen anderen Leute um ihn herum, meinte Thilo, starrten wiederum ihn an. Doch er musste etwas sagen, er musste antworten, er brauchte die Fahrkarte.

Er dachte an seine Wohnung, in der seine Mutter wartete. Er wollte Henriette nie wieder sehen.

„Ich fahre erst einmal nicht zurück."

Kribbelnde Aufregung durchfuhr seine Magengegend.

„Das habe ich mir schon gedacht." Sie freute sich ehrlich für ihren Kunden.

Das war Thilo unangenehm, und als sie ihm endlich die Fahrkarte aushändigte, war er froh, aus ihrem Rampenlicht zu entfliehen.

Thilo lief, wie Milena, mit der Fahrkarte in der Hand, zu Gleis Fünf. Dort setzte er sich auf eine Bank mit Metallgitter und wartete.

Zum ersten Mal hatte er sich Henriette widersetzt. Er hatte es für Milena getan. Für sie konnte er plötzlich alles tun.

Niemand durfte ihm seine Tochter mehr wegnehmen, nicht ihre Mutter und nicht seine Mutter.

Thilo spürte ein wenig Stolz. Er konnte sogar mit einer freundlichen Dame sprechen und sich eine Fahrkarte bei ihr kaufen.

Er konnte etwas bewegen. Er konnte Einfluss nehmen auf das Leben, auf sein Leben.

Jemand setzte sich neben ihn auf die Bank. Thilo sprang auf und nahm einen für ihn angemessenen Abstand zu diesem Menschen, der so aufdringlich Thilos Gedanken störte.

Mit dem wiedergewonnenen Zwischenraum zu dieser Mutter mit dem lächelnden Kleinkind auf dem Arm konnte Thilo sich ein wenig entspannen.

Nur die Angst verspürte er noch. So lange war er nicht mehr draußen gewesen. Er hatte nur noch in seiner Werkstatt im Hinterhof gearbeitet. Aber Angst war ein Gefühl, das er kannte. Sie benahm sich fast wie eine Vertraute und Thilo beschloss, sie einfach zu akzeptieren.

Die Bahn fuhr ein und Thilo stieg in das Großraumabteil. Er nahm einen etwas versteckten Platz ganz hinten und legte seine Jacke auf den Sitz neben sich.

Er klemmte die Hände zwischen seine Knie. Die trockene Heizungsluft blies ihm ins Gesicht. Der Zug fuhr bereits an, doch viele Reisende hatten noch keinen Sitzplatz gefunden und schoben sich mit ihren Koffern durch die Gänge. Thilo starrte aus dem Fenster.

Seine Jacke ließ er auf dem Nachbarsitz liegen. Niemand sollte sich so dicht zu ihm gesellen. Er ignorierte die Anfragen, ob der Platz noch frei wäre, bis der Zug endlich die Stadt verließ.

Die Menschen entfernten sich von Thilo und die Landschaft draußen wurde weiter. Die Natur breitete sich aus wie ein ungeschliffenes Stück Holz.

Nicht in Form gebracht, sondern einfach gewachsen, so schien es Thilo, und doch wusste er, dass die Flüsse begradigt, die Bäume gepflanzt wurden von den Holzfällern, die sie rodeten und davon lebten, dass andere Möbel kauften.

Wenigstens hatten die engen Häuserschluchten geendet. Thilo lehnte sich zurück und wagte, seinen Kopf vom Fenster abzuwenden. Der Waggon war mit Gesprächen gefüllt, sogar mit Lachen.

Thilo sah nur die graue Rückwand des vorderen Sitzes. Weiter konnte er seinen Blick nicht umherschweifen lassen. Er stellte sich vor, wie es wäre, wenn er mit Milena in den Urlaub fahren würde und sie Spaß miteinander hätten. Ganz zwanglos würden sie schon im Zug lachen und glücklich sein.

Wäre er doch nur mit ihr ans Meer gefahren, dann wäre sie auch nicht davongelaufen. Traurigkeit erfüllte ihn über sein Unvermögen, seiner Tochter nahe zu sein.

Thilo hatte die Haltestellen nicht gezählt, die auf seinem Weg lagen. Er schaffte es, den Platz neben sich, frei zu halten, bis jemand an seiner Schulter rüttelte und seinen Namen rief: „Thilo, hey, du bist es doch!"

Die Stimme war hysterisch zudringlich und Thilo kannte sie. Er presste sich gegen die kalte Scheibe, damit er nicht mehr angefasst wurde, und Henry, der die ganzen Schuljahre neben ihm gesessen hatte, setzte sich auf Thilos Jacke.

„Du siehst ja immer noch so jung aus", urteilte Henry.

„Bist du schon wieder früher hier als ich?"

Henry ließ seinen Schulranzen neben die Schulbank auf den Boden fallen.

„Thilo übernachtet in der Schule", sagte Linda mit den Löcherjeans. Sie saß hinter Henry und in den Pausen umringten sie die Mädchen der Klasse.

Jeder, der hereinkam lachte anerkennend über das, was Linda gesagt hatte.

Niemand nahm hingegen zur Kenntnis, was Henry sagte: „Lasst Thilo in Ruhe. Er hat auch ein Zuhause und einen Bruder, der singt in einer Rockband, und seine Mutter ist eine wichtige Politikerin und sein Vater arbeitet für den Geheimdienst."

Die anderen machten sich nicht einmal lustig über den Unsinn, den Henry erzählt hatte. Es war, als wäre er nicht existent.

Thilo sagte nichts, wie immer. Er war froh, dass die anderen nicht mit ihm, sondern nur über ihn sprachen.

Henry setzte sich und schüttelte den Kopf. „Sind die alle doof", regte er sich auf und schwenkte zu seinem liebsten Thema: „Wenn ich meine Mieze nicht hätte. Die hört mir mittags zu und tröstet mich. Gestern hat sie mich wieder gekratzt. Sieh mal."

Er schob den Ärmel seines Pullovers nach hinten und zeigte Thilo drei tiefe Kratzer, die rot und entzündet aussahen. Thilo wollte seine Schnitte, die er sich selbst zufügte, nicht zeigen. Er fragte sich, warum Henry das mochte, verletzt zu werden. Er mochte es nur, wenn er sich selbst verletzte, wenn er vollkommen selbst bestimmte, wie, wo und wie tief.

Henry konnte nicht hören, was Thilo dachte, deswegen erzählte er weiter von sich.

„Dieses Wochenende rief meine Mutter mal wieder an, aber Oma meinte, ich müsste ihr unbedingt im Garten helfen. Sie wollte die Kirschen einkochen. Ich habe ihr das nicht geglaubt. Das war nur eine Lüge. Sie und mein

Opa wollen nicht, dass ich meine Mutter sehe. Sie wohnt in der Stadt und da isst sie nicht so richtig oder raucht, denn sie ist ganz dünn. Wahrscheinlich haben die beiden Angst, dass sie mir auch nichts zu essen gibt. Vor ein paar Wochen war Mama mal bei uns. Da gab Opa ihr Geld und dann ging sie wieder, ohne zu mir in die Küche zu kommen. Dabei hatte ich ihr gewunken und sie hat mich gesehen, denn sie hatte zurück gewunken, aber sie hat sich nicht gefreut. Ihr Gesicht war ganz starr."

Der Schulgong mahnte, mit dem Unterricht zu beginnen, und die Deutschlehrerin betrat das Klassenzimmer.

Thilo presste sich noch immer an die Fensterscheibe des Zugabteils. Henry beugte sich zu ihm rüber.

„Hallo", stammelte Thilo heraus.

Das war er seinem einzigen Freund schuldig. Inzwischen hatte er verstanden, dass Henry sein Freund war.

Früher hatte er nicht gewusst, was das war. Jemand, der sich für einen interessierte, als Person, nicht als jemanden, der einem nutzte.

Auf welche Weise auch immer, um auf ihm herumzutrampeln oder als emotionale Stütze.

Henrys Haare waren schon grau geworden. Er ließ sich einen Bart stehen. Glatt und gepflegt lag er an seinem Gesicht an.

„Wohin fährst du? Ich habe dich hier noch nie gesehen."

„Ich? Ans Meer."

„Ganz bis zur Endhaltestelle? Da wohne ich. Ich bin Lehrer geworden. Schließlich bin ich es ja gewohnt, dass mir niemand zuhört." Henry lachte. Dann wurde er wieder ernst: „Willst du mich besuchen? Ich gebe dir meine Adresse und du kommst vorbei, wann immer du willst. Ich freue mich immer, dich zu sehen."

Er zog eine Visitenkarte aus der Innentasche seiner Jacke und gab sie Thilo, der sie irritiert in Händen hielt und darüber strich, als müsste er sich vergewissern, dass sie wirklich existierte.

„Danke", sagte Thilo, ohne das Wort herauspressen zu müssen. Vielleicht würde er Henry wirklich besuchen. So ganz normal, wie das alte Freunde tun.

Der Zug stoppte ein letztes Mal und Thilo glaubte, selbst durch die Klimaanlage die Seeluft zu erschnuppern. Er sah auf den Bahnsteig. Ein junger Mann trippelte aufgeregt vor den Waggons. Bestimmt suchte er seine Freundin, dachte Thilo und musste ein wenig lächeln.

„Kommst du dann vorbei? Ich bin jetzt leider in Eile", meinte Henry hastig. Mit seiner Aktentasche unter dem Arm lief er aus dem Waggon.

Thilo wollte noch etwas antworten, doch dann erstarrte er und blieb stumm. Seine Mutter stand am Bahnsteig.

Thilo muss wieder brav sein

Thilo stieg aus dem Zug und Henriette kam sofort auf ihn zu.

„Thilo, ich will dir nur helfen. Hau doch nicht ab vor mir. Sei wieder brav. Du kannst Milena nicht alleine suchen, so menschenscheu wie du bist. Wenn wir erst wieder alle zusammen sind, müssen wir dem Kind ein Zuhause bieten mit Liebe und Geborgenheit. Das Mädchen weiß gar nicht, was das ist."

Thilo kratzte sich, verdeckt von seinem Ärmel, an der Innenseite seines Handgelenks auf. Der Schmerz ließ ihn weniger ausgeliefert sein. Er lenkte ihn von Henriette ab.

Sie bemerkte es nicht. Früher hatte sie seine Verletzungen am ganzen Körper kontrolliert. Thilo hatte sich dazu nackt ausgezogen auf einen Schemel stellen müssen. Sie war dann um ihn herumgegangen, hatte ihn die Arme anheben lassen und seinen Penis.

„Wie hast du mich gefunden?", fragte er.

„Du bist doch mein Sohn. Ich kann deine Gedanken lesen."

Das hatte sie ihm immer gesagt, wenn sie nicht gewollt hatte, dass er etwas Verbotenes tat.

„Ich bin keine zehn Jahre mehr alt!"

„Und ich bin nicht senil. Natürlich glaubst du, dass Milena ans Meer fährt, wenn sie es die ganze Zeit erzählt. Immerhin ist sie mutig mit ihren dreizehn Jahren, nicht wie du."

Henriette sah ihn von oben herab an. Obwohl sie kleiner war als Thilo, konnte sie das tun.

Sie ging zuerst in das kleine Bahnhofsgebäude. Er trottete ihr nach. In der Halle mit dem abgenutzten Marmorboden hing ein Plan für die Touristen aus. Das Dorf hatte zwei Hauptadern. Eine davon endete am Meer.

Dieser Straße folgten Thilo und Henriette. Ein paar Häuschen säumten den Weg. Nur in wenigen brannte Licht und Menschenschatten bewegten sich darin. Die Souvenirläden mit Buddelschiffen und Holzleuchttürmen für das hübsche Badezimmer zu Hause waren alle geschlossen.

Die Saison würde noch lange nicht beginnen. Die Ausläufer des Winters herrschten noch grau und dunkel über das Dorf.

Nach den Häusern breitete sich vor Thilo in satten Wiesen das flache Land aus. Der Wind blies von der Seite in seinen Gehörgang, der sich frierend zusammenzog.

Die Schafe trotzten grasend der Witterung. Ein leichtes Nieseln fiel auf weichfettige Wolle, die rundherum ihren Körper umgab. Das fahle Licht der Wolkenberge raste über das saftige Grün.

Vor nordsee-grauem Himmel erstreckte sich der Deich als Schutzwall für das Land vor dem erzürnten Meer.

Henriettes Stimme durchschnitt das Gemälde: „Du glaubst doch wohl wirklich nicht, dass Milena bei dem Wetter da draußen im Wasser planscht."

„Ich weiß es nicht", seufzte Thilo und stieg die Treppe auf den Deich hinauf.

Oben potenzierte sich der Wind. Thilos Haare wirbelten wild um seinen Kopf. Sie schienen seine Gedanken auszudrücken.

Die Brandung schlug gegen einen flachen und weiten Sandstrand und verlief sich dort. Die braungrünen Wellen versickerten im Boden und nur die schaumige Gischt blieb an der Oberfläche haften.

Ein einzelner Mensch mit einem Hund spazierte durch den Sturm, aufrecht und flanierend, als würde die Sonne liebevoll auf ihn herabsehen. Über den Wellen rasten ein paar Kite-Surfer mit ihren bunten Fallschirmen. Weit draußen nahm ein Containerschiff unbeirrt seinen Weg.

Milena war nicht da.

Thilo ging schnell die Treppe wieder nach unten. Der wilde Sturm machte ihm Angst.

Henriettes Dauerwellen waren verrutscht, ihr Mund spitz und faltig geformt.

„Ich habe doch gleich gewusst, dass sie da nicht ist. Wir gehen ins Dorf und fragen uns durch. Vielleicht hat sie jemand gesehen. Wir sollten uns ohnehin ein Zimmer für die Nacht suchen."

Wieder gab sie den Weg vor. Thilo folgte ihr nach.

Er konnte doch nicht einfach in eine Pension gehen und schlafen, solange er nicht wusste, wo Milena steckte.

Die ersten Häuser schützten ihn vor dem Wind. Er strich seine Haare glatt.

Von Weitem sah er schon das heimelige Licht.

Ein putziges nordfriesisches Café hatte geöffnet. Schon durch die Fenster waren die gehäkelten Deckchen zu sehen und das Buddelschiff auf einem Regalbrett aus Treibholz. An der Tür wurde für freie Gästezimmer geworben.

Eine Frau saß in der Ecke und las ein Buch. Sofort, als ihre einzigen Gäste das helle Glöckchen an der Tür zum Läuten brachten, sprang sie auf.

„Möchten Sie einen Tee?", bot sie an, als könnte sie spüren, welche Kälte Thilo erfüllte und als könnte man diese Art von Kälte mit einem Heißgetränk kurieren.

„Haben Sie ein Mädchen mit roten Haaren gesehen?", drängte sich Henriette vor.

Die Frau überlegte: „Ich habe ein Mädchen gesehen. Sie hatte eine große Tasche dabei und war ganz alleine. Ich dachte, sie besuche vielleicht eine Freundin und sei vom Nachbardorf. Was ist denn mit ihr? Sind Sie der Vater? Wenn ich gewusst hätte, dass sie alleine ist, hätte ich sie hereingeholt. Nicht, dass ihr etwas passiert."

Sie sah Thilo an, der sich nicht regte.

Henriette antwortete für ihn: „Er ist der Vater. Wissen Sie, wohin sie gegangen ist?"

„Wenn Sie von meinem Café aus weiter geradeaus laufen, kommen Sie zum Strand. Aber da waren Sie ja schon." Sie sah auf Thilos Schuhe, an denen noch ein wenig Sand von der Düne klebte. „Ist das Mädchen von zu Hause weggelaufen? Sie sollten die Straße runter zur Polizeistation gehen. Es wird bald dunkel und es gibt ja so viele Triebtäter."

Die Frau verschränkte die Arme vor ihrem schmalen Oberkörper und presste die Lippen besorgt zusammen.

Henriette presste auch die Lippen zusammen. Es sollte ein Lächeln sein. Dann packte sie Thilo am Arm und schob ihn vor sich zur Tür hinaus.

„Zur Polizei, soweit kommt´s noch", rief Henriette gegen die herannahende Dämmerung. Sie zog Thilo weiter, weg von dem bezaubernden Café. Sie schüttelte ihn. „Wieso ist Milena abgehauen? Hast du ihr etwas angetan?"

Thilo riss sich von Henriette los. Er blinzelte und röchelte, als würde er aus einer Trance katapultiert, in der er sich befunden hatte, seitdem ihm bewusst geworden war, dass Milena etwas Furchtbares passiert sein könnte.

Er schrie seine Mutter an: „Was meinst du denn damit? Wieso sollte ich Milena etwas tun?"

Henriette sah ihn wissend an. Was wusste sie, was er nicht wusste?

Der Sturm

Auf dem Weg zum Meer hatte Thilo das Polizeigebäude schon gesehen.

„Ich gehe zur Polizei. Das hätten wir gleich tun sollen."

Henriette wehrte ab: „Das gibt doch nur Ärger. Nachher verständigen sie noch das Jugendamt. Ich glaube, wir fahren jetzt wieder nach Hause. Wahrscheinlich wartet Milena vor der Haustür."

Thilo schüttelte den Kopf. „Nein, so einfach ist das nicht. Wir müssen zur Polizei."

„Das erlaube ich nicht." Henriette kreischte.

Thilo ballte die Fäuste und kniff die Augen zusammen. „Doch, ich gehe, und du kannst es mir nicht verbieten."

Zuerst drehte er sich weg, dann machte er die Augen auf und rannte los.

Er spürte seine Mutter im Rücken. Warum ließ sie ihn nicht endlich in Ruhe? Am liebsten würde er immer weiterrennen, über den Deich und über das Meer springen, zusammen mit den Kite-Surfern. Auf und davon.

Er musste sich zusammenreißen. Er musste an Milena denken.

Das Polizeischild leuchtete im Halbdunkel der Sturmwolken. Thilo wagte einen Blick zurück. Er hatte seine Mutter hinter sich gelassen. Doch sie gab nicht auf, sondern kämpfte sich mit schnellen Schritten prustend und schnaubend vorwärts. Gleich würde auch sie am leuchtenden Schild angelangt sein.

Was nutzte es also? Er wartete, damit sie gemeinsam hineingehen konnten.

Es war keine halbe Minute.

„Was fällt dir ein?", Henriette atmete schwer.

Thilo überlegte, ob sie vielleicht einen Herzinfarkt bekommen könnte. Dann wäre sie einfach tot und er befreit von ihr.

„Ich dachte, du willst nicht mit", behauptete er, als würde er es selbst glauben.

„Ich muss dir doch helfen", keuchte sie.

Thilo war sich nun sicher, was er als Kind schon lange gespürt hatte, konnte er nun klar formulieren. Helfen bedeutete bei seiner Mutter, die Kontrolle über andere zu haben.

Vielleicht war sie so, weil sein Vater einfach gegangen war und sie bereute, bei ihm nicht ausreichend Kontrolle ausgeübt zu haben.

Er drückte die schwere Tür der Polizeistation nach innen. Die Wärme trockener Heizungsluft strömte an ihm vorbei. Eine kleine

Theke am Eingang hielt die Hilfesuchenden auf Abstand, die Bestohlenen, die Geschlagenen und die Leute, die ihre Kinder verloren hatten.

In den Räumen hinter der Theke war eine weibliche Stimme zu hören. Ihr Tonfall war nett, als ob sie etwas von ihrem Gegenüber wollte, fand Thilo.

Henriette schlug auf eine Rufglocke an der Theke. Die Rezeptionsklingel erinnerte an ein renovierungsbedürftiges Hotel mit schweren Vorhängen und moosgrünem Teppichboden.

Die Frau hörte auf zu reden und kam um die Ecke. Sie war vielleicht Ende Dreißig. Ihre Haare hatte sie stramm nach hinten zu einem Zopf gebunden. Ihre Frisur sah streng aus.

Angst bereitete Thilo jedoch vor allem ihre Uniform.

Steif starrte er die Beamtin an.

Sie schien die Situation sofort zu überblicken.

Thilo klammerte sich an der Theke fest.

Henriette drängte sich dicht neben ihn und redete für ihren Sohn: „Wir suchen ein Mädchen mit auffallend roten Haaren."

Die Polizistin sah zuerst zu Thilo, dann zu seiner Mutter und wieder zu ihm zurück.

„Sind Sie der Vater?"

Thilos Inneres krampfte sich zu einem Klumpen Asphalt zusammen. Seine Augen weiteten sich.

Henriette reckte den Hals vor. „Das ist er und ich bin die Großmutter von dem armen Ding. Ist sie hier? Wir kommen, um sie abzuholen."

Die Polizistin ging einen Schritt zurück. „Nicht so schnell. Zuerst muss ich mal ihre Daten aufnehmen. Das Mädchen spricht nicht."

Sie drückte auf einen Knopf auf ihrer Seite der Theke und öffnete summend eine Durchgangstür nach hinten.

Henriette ging voraus. Thilo setzte seine Schritte schwer. Zu seiner Rechten fiel ihm ein Kaffeeautomat auf. So einer, wie damals in seiner Schule gestanden hatte.

Zuerst hatte man eine Münze einwerfen müssen, dann konnte man wählen zwischen Kaffee schwarz, Kaffee weiß und Kaffee weiß mit Zucker. Außerdem konnte man sich für Kakao, heißen, übersüßten Zitronentee oder die Gemüsebrühe entscheiden. Ein Becher fiel aus dem Automaten und fing das gewünschte Getränk auf.

Thilo hatte jeden Tag die Brühe gewählt. Sie war völlig versalzen. Sein Freund Henry nahm immer den Kakao und später den Kaffee, wie alle anderen auch. Niemand trank

Brühe aus einem Plastikbecher, außer Thilo. Er hatte das Salz geliebt. Es hatte die Cremetorten neutralisiert.

Milena wartete eingewickelt in eine Polizeidecke auf einem Stuhl. Ihre Haare leuchteten orange vor der grauen, kratzigen Wolle, die sonst Unfallopfer oder Betrunkene warmhalten sollte.

Thilo ging neben Milena in die Hocke. Er war so froh, sie zu sehen, dass er für einen Moment seine Angst vor der uniformierten Polizistin vergaß. Er lächelte seine Tochter an, sie sah mitleidig zurück und wandte sich dann von ihm ab.

Die uniformierte Frau hatte die beiden beobachtet.

„Wie heißt denn Ihre Tochter?", fragte sie Thilo, der eine Starre in seinen Gliedern verspürte.

Henriette ging einen Schritt vor. Sie stellte sich vor ihren Sohn.

„Milena Schmidt ist der Name meiner Enkelin."

Auch sie war unter Spannung. Das spürte Thilo. Seine Mutter hatte schon immer ein Problem mit der Polizei gehabt.

Die Polizistin bekam einen gefährlich wachsamen Gesichtsausdruck. Sie kräuselte ihre schmalen Augenbrauen. Sie wurde misstrauisch, Thilo sah es ihr an. Sicher wunderte sie sich, dass Henriette das Sprachrohr für alle spielte.

„Wieso haben Sie Milena nicht als vermisst gemeldet?", fragte die junge Frau.

In Thilo drängte etwas hervor und er redete in gewisser Weise nicht selbst, es war, als spräche eine Person aus ihm heraus.

„Daran habe ich überhaupt nicht gedacht, dass mir jemand bei meinen Problemen helfen könnte."

Die Worte klangen nach, hallten fast, obwohl an den Fenstern Vorhänge hingen und Möbel den Schall auffangen konnten.

Henriette öffnete den Mund, zuerst stumm, dann fand sie ihre Fassung und ihre Lautstärke wieder.

„Mein Sohn hat Ansichten, da weiß ich gar nicht, woher die kommen", lachte sie, und Thilo schämte sich, weil seine Mutter immer noch über ihn sprach, als wäre er ein Kind.

Die Polizistin stellte das nicht zufrieden. „Sie sind doch auch nicht zur Polizei gegangen", hakte sie nach.

Henriette wurde blass. Ihre sonst so exakt sitzenden Haare waren zerzaust vom Sturm, der draußen herrschte.

„Ich habe es zu spät erfahren", versuchte sie, sich zu entschuldigen, und fügte scheinfroh hinzu: „Wie dem auch sei? Jetzt sind wir hier, nicht wahr, Milena, mein Mädchen?"

Milena reagierte das erste Mal. Thilo sah, wie sich die Züge seiner Tochter verhärteten. Wahrscheinlich sah nur er es. Noch hatte sie ein zu rundes, zu kindliches, zu niedliches Gesichtchen, als dass die Wut sich in die Kerben und Wunden der Lebenserfahrungen hätte einnisten können.

„Ich habe euch nicht gerufen", giftete sie aus ihrer Wolldecke hervor und rückte mit ihrem Stuhl weg von Thilo, was ihn schmerzte. Sein Herz presste sich zusammen.

Henriette riss panisch die Augen auf.

„Das Kind ist ganz verwirrt", stammelte sie und rannte aus dem Zimmer.

Durch die offene Tür sah Thilo, wie Henriette am Kaffeeautomaten stehen blieb und Kleingeld aus ihrer Handtasche hervorholte.

Die Polizistin hob die Hand zur Beruhigung und kam auf Milena zu. „Möchtest du nicht nach Hause?", fragte sie sanft.

Thilo schwitzte, sie durfte es nicht wieder sagen. Milena durfte nicht das Meer fordern.

Er liebte seine Tochter. Sie musste jetzt ruhig sein vor der Polizistin, sonst nahm die Polizistin ihm Milena weg.

Später konnten sie reden. Sein Kind durfte ihn anklagen, alles, was sie wollte, aber jetzt musste sie mitspielen. Jetzt musste sie brav sein.

In Milenas Gehirn formten sich Buchstaben zu einem Satz, vom dem sie wusste, dass er doch eigentlich nicht stimmte, den sie aber fühlte und den sie freigab, ohne Rücksicht auf das, was passieren könnte.

„Nein, ich will nicht mehr nach Hause. Sie sperren mich ein."

Und es war doch die Wahrheit. Thilo hielt sie fest in einem Gefängnis aus Lebensangst.

Die Polizistin verlor ihre Ruhe. Sie stellte sich zwischen Milena und Thilo. Er sollte sich seinem Kind nicht mehr nähern können. Er war eine potenzielle Gefahr.

Henriette kam zurück und trug einen Plastikbecher mit heißem Kakao aus dem Automaten vor sich.

„Milena ist verwirrt. Es ist kein Wunder", rief sie hysterisch. „Ihre Mutter hat das Kind mit bösen Worten verstoßen. Sie braucht jetzt klare Verhältnisse und Liebe." Zitternd drängte sie das dampfende Getränk Milena wie einen vergifteten Apfel auf. „Trink, das wird dir guttun."

„Ich mag nicht. Ich bin doch kein kleines Kind", brüllte Milena durch die ganze Polizeistation und schlug Henriette den Kakao aus der Hand.

Die braunen, heißen Spritzer bekleckerten die Uniform der Polizistin und verbrannten sie an der Hand. Zischend sog sie Luft durch ihre Zähne.

Thilo drückte sich aus der Hocke nach oben. Ein stechender Schmerz durchfuhr seine Knie, wie ein Dolch, der sich in seine Menisken bohrte.

Jetzt war alles aus. Pure Angst vibrierte nach oben.

„Sei doch jetzt mal BRAV!"

Schon während er das Wort mit lauter Stimme gesprochen hörte, wollte er zur Salzsäule erstarren.

So oft hatte es Henriette zu ihm gesagt.

Thilo musste brav sein, niemandem durfte er erzählen, was sie mit ihm machte. Die Polizei nimmt dich mit, wenn du es erzählst, hatte sie gesagt, und dann kommst du ins Heim, hatte sie ihm gedroht, und alle wissen, was du getan hast.

Das warme Badewasser umgab Thilo wie eine schützende Hülle. Er wurde müde davon. So ganz alleine mit sich fühlte er sich wohl. Manchmal vergaß er ganz, dass er auch noch existierte, und er glaubte, nichts könnte ihn trösten.

Dampf stieg nach oben und beschlug den Spiegel.

Thilo hörte ein Geräusch. Er erschrak. Mutter war früher von der Arbeit gekommen. Am besten tauchte er unter und blieb so lange unter Wasser, bis er endlich seine Ruhe hatte vor dem allem. Aber das hielt er nicht durch. Schon einmal hatte er es versucht. Im Fernsehen hatte er gesehen, wie jemand in Ohnmacht fiel, weil er keine Luft mehr bekommen hatte.

Das hatte sich Thilo leicht vorgestellt. In Wirklichkeit dauerte es sehr lange, bis man es geschafft hatte. Der lebenserhaltende Trieb, zu atmen, störte Thilos Plan.

Er sah die Türklinke, wie sie sich bewegte. Mutter erlaubte ihm nicht, abzuschließen. Einmal hatte er es gewagt. Da hatte sie ihm wieder mit dem Heim gedroht. Es sei gefährlich, wenn er sich einschließe. Wenn er das Schloss nicht mehr öffnen könne, müsse er für den Rest seines Lebens im Badezimmer bleiben. Damals war Thilo fünf Jahre alt gewesen und hatte es ihr geglaubt.

Mutter kam herein. Sie trug das enge Kostüm, was sie meistens zum Arbeiten anhatte. Früher war es nicht so eng gewesen. Sie kaufte sich aber kein Neues, weil sie sich das nicht leisten konnten. Sie mussten mit dem Geld haushalten.

„Hilf mir mal!", forderte sie und krempelte ihre Nylonstrümpfe nach unten.

Thilo musste aufstehen, sodass nur noch seine Waden und Füße im warmen Wasser badeten. Von der Badewanne aus öffnete er den Reißverschluss an ihrem Rock. Er musste ihr auch mit dem BH helfen. Das musste er schon immer. Mutter kam da schlecht ran wegen ihrer Schulterschmerzen, die sie vom Tippen auf der Schreibmaschine bei der Arbeit hatte.

Nachdem Thilo seine Pflichten erledigt hatte, stieg er aus der Wanne und griff sich ein Badetuch.

„Das Wasser ist doch noch ganz warm." Sie plätscherte mit ihrer Hand in der Wanne. „Die Haare hast du dir auch noch nicht gewaschen. Steig wieder zurück in die Wanne."

Ihre Stimme war freundlich und trotzdem vibrierte sie beim letzten Satz. Seine Mutter war wütend. Das kannte Thilo schon und er ließ sich zurückgleiten in das Wasser, das seine Leichtigkeit verloren hatte und sich wie Beton um ihn schloss.

Mutter setzte sich auf die andere Seite der Wanne, die glatte Seite. Er musste immer da sitzen, wo sich die Halterung für den Abflussstöpsel in seinen Rücken bohrte, aber das störte ihn kaum.

Mutter griff nach seinem Arm und zog ihn zu sich herüber. Sie öffnete ihre Schenkel und presste seine kleine Hand auf ihre Brust.

Dann machte sie wieder diese komischen Geräusche und stöhnte: „So ist es brav, mein Junge."

In Thilos Kopf dröhnte es. Er griff an die Wand, damit der Schwindel ihn nicht umwarf. Wie konnte er das alles vergessen? Das war doch nicht möglich, dass er es einfach tief in sich begraben hatte.

Henriette rannte auf ihn zu und wollte ihn stützen. „Was ist denn mit dir?", rief sie.

Er schreckte zurück. Presste sich hinten an die Wand. „Fass mich nie wieder an", stotterte er leise.

Milena drehte sich zu ihm um und musterte ihn. Möglicherweise bildete Thilo sich es nur ein. Ein Lächeln huschte über Milenas Gesicht.

Die Polizistin schüttelte ihren stramm nach hinten gebundenen Zopf.

„Was wird hier gespielt?", wollte sie wissen.

Henriette riss ihre in Falten lebenden Augen auf und warf einen strengen Blick zu Thilo, der sich von der Wand hinter ihm stützen ließ.

Doch er schüttelte die klammernden Pupillen seiner Mutter ab. Er versuchte, sich nur auf die Polizistin zu konzentrieren, die ihn überhaupt nicht mehr ängstigte. Sie gehörte doch zu den Guten und hätte ihm damals geholfen.

„Ich habe mich daran erinnert, was mir angetan wurde", sagte er zu der Frau in Uniform. Dabei starrte er zu Boden, vor Henriettes Füße.

Es dauerte einen Moment, der sich wie flüssiger Bernstein um alle legte und die Situation erstarren ließ, bis die Beamtin sich wieder an ihre Pflicht erinnerte.

„Was wurde ihnen angetan? Wollen Sie Anzeige erstatten?"

Thilo blinzelte sich vom Boden weg, streifte mit seinem Blick Milena.

„Nein." Er fasste sich an die Stirn. „Passen Sie gut auf meine Tochter auf. Ich muss jetzt weg. Geben Sie gut acht!"

Thilo schob sich an der Wand entlang an seiner Mutter vorbei, die ihn mit den Augen eines gefangenen Tieres fixierte.

Dann rannte er, ohne sich umzusehen, hinaus in den stärker gewordenen Sturm.

Die Rückkehr zu Henry

Der Wind blies pfeifend um die Häuser. Er wehte Thilos Tränen aus den Augen, die aus ihm herausflossen. All die Traurigkeit, die Verwirrung und Demütigung flogen durch die Luft.

Alles war aus. Er konnte nicht für Milena sorgen. Er war krank, zerstört. Da war keine Sicherheit oder Zuversicht, die er seiner Tochter hätte geben können. Für das, was er erlebt hatte, gab es keine Heilung und kein Entkommen. Er schadete ihr. Seine Exfrau hatte damals recht gehabt, als sie ihn mit Milena verlassen hatte.

Er stellte sich gegen den Wind. Mit seiner schweren Bürde quälte er sich immer weiter, bis er am Deich angelangt war. Thilo erklomm den betonierten Schutzwall und rutschte auf der anderen Seite den Dünensand hinunter. Tief versank er mit seinen Füßen in dem nachgiebigen Untergrund und schlitterte hinab zum Strand.

Schmerzhaft peitschten die winzigen, vom Meer klein geriebenen Muschelkalk-Körner in sein Gesicht.

So hatte sich Thilo immer einen Sandsturm in der Sahara vorgestellt. Er kämpfte sich über den breiten Strand, bis zur salzigen Gischt am Ufer. Sein Gesicht brannte. Das Meer vermischte sich mit seinen Tränen.

Noch immer surften Menschen unbeirrt über die raue See. Thilo war es ein Rätsel, wie sie ihren Weg noch steuern konnten.

Er zog den Reißverschluss seiner Jacke bis zum Kinn und schnürte seine Kapuze fest um seinen Kopf. Mit einer Hand schützte er das Gesicht gegen die prasselnden Sandkörner.

Zuerst setzte er sich, dann legte er sich flach hin, um dem Wind auszuweichen, aber selbst in dieser Position wollte der Sturm nicht von ihm ablassen.

Eine kleine Düne bildete sich am Rand seines Körpers. Er drehte sich zur Seite und ließ den Wind gegen seinen Rücken blasen.

Das alles war ein leises Kitzeln an seinem Körper im Vergleich zu den verletzenden Händen seiner Mutter.

Immer mehr Bilder seiner nackten Mutter drängten machtvoll in sein Bewusstsein. Bilder, in denen er sie berühren musste und nicht verstand, was geschah, und in denen auch sie ihn anfasste.

Er begriff, warum er das alles hatte vergessen müssen. Anders hätte er nicht weiterleben können.

Sein Weinen entlud sich in aufstürmenden Wogen. Nieselregen wirbelte, vom Wind getragen, durch die Luft. Dann wurde der Regen heftiger und dicke Tropfen prasselten auf ihn.

Thilo drückte sich schwer nach oben. Er stand auf. Seine Hose war nass mit Sand verklebt und seine Jacke tropfte an den Ärmelrändern über seine Hände.

Er wusste nicht, wie lange er so dagelegen hatte. Die Kite-Surfer waren verschwunden. Die Welt um ihn war dunkel geworden. Frierend schleppte er sich weg vom wilden Meer, zurück in die sogenannte zivilisierte Welt.

Thilo erinnerte sich an das Café mit den freien Zimmern, in dem sie nach Milena gefragt hatten.

Als er um die Ecke bog, konnte er sich gerade noch rechtzeitig zurückziehen. Henriette und ein Polizist gingen hinein.

Thilo wartete. Seine Hände waren schon taub von der Kälte. Der Polizist kam wieder zurück auf die Straße. Henriette schien für die Nacht zu bleiben. Also musste sich Thilo etwas anderes suchen.

Er irrte durch das verlassene Winterdorf, das auf den Sommer wartete, damit die Touristen seine Gassen bevölkerten. Keine der kleinen Pensionen, an denen er vorbeikam, hatte geöffnet. Seine Haare und seine Jacke tropften und liefen in Rinnsalen über seine Hände und sein Gesicht.

Erst jetzt erinnerte sich Thilo an seinen alten Schulfreund. Unter einer flimmernden Straßenlaterne holte er die Visitenkarte hervor, die Henry ihm im Zug gegeben hatte.

Das Papier war aufgeweicht von der Nässe und die schwarz gedruckten Zahlen der Telefonnummer war zerlaufen.

Thilo konnte nur noch die Adresse seines Schulfreundes entziffern und entdeckte, dass er sich schon in der richtigen Straße befand.

Er ging noch die paar Meter bis zu Henrys Hausnummer. Ein dreistöckiger, rot gestrichener Wohnblock, der nicht so recht zu den verklinkerten Häuschen mit den Souvenirläden passen wollte, erhob sich aus der flachen Straße.

Thilo suchte zwischen den sechs Parteien Henrys Klingel und wurde schnell fündig. Er drückte auf die Türglocke und wartete nur wenige Sekunden, schon summte die Haustür und Thilo stemmte sich dagegen.

Henry sah von oben die Treppe herunter.

„Du bist ja ganz durchnässt", rief er erstaunt und winkte Thilo herauf.

Thilo hinterließ sandige Spuren in dem hellen Treppenhaus.

Vor Henrys Wohnungstür zog er sich die Schuhe aus, doch auch seine Strümpfe patschten nasse Abdrücke auf das Laminat.

Der Flur roch sauber, war aufgeräumt und irgendwie ohne persönliche Note. Nur die vielen leeren Worte Henrys füllten ihn, sodass er fast zu bersten drohte.

„Gib mir mal deine Jacke. Hat dich der Regen erwischt? Du kannst gerne erst ein Bad nehmen."

Henry öffnete die Tür zu einem grau gefliesten Badezimmer ohne Fenster. Auch hier stand nur eine Flasche Shampoo an der Wanne und eine Zahnbürste am Waschbecken.

Thilo nickte. Eilig drängte er sich an seinem Freund vorbei und zog hastig die Tür hinter sich zu. Er schloss ab, warf sich über die Toilette und erbrach sich.

Würgte seine Erinnerungen aus sich heraus, doch es nutzte nichts. Immer wieder spürte er ihren verschwitzten Körper an seinen Händen und ihre Finger an seinem Penis.

Draußen vor der Tür fragte Henry: „Ist dir nicht gut? Kann ich dir helfen? Weißt du, das hätte ich nie gedacht, dass du vorbeikommst. Das freut mich so."

Thilo schluckte und atmete. Noch immer würgte er, doch es war nichts mehr da, was aus seinem Magen hätte herauskommen können. Selbst die bitteren Gallenfäden, die immer noch zäh hervorkrochen und gummiartig in die Toilettenöffnung fielen, hatten bereits Thilos oberen Verdauungstrakt verlassen.

Er richtete sich auf und zog die Toilette ab.

„Ich muss baden", sagte er mit rauer Stimme.

In seinem Hals brannte die Magensäure, und er spülte seinen Mund mit ein wenig Wasser aus.

„Prima", rief Henry von draußen. „Ich weiß jetzt nicht, willst du was essen? Ich kann uns ein paar Würstchen braten oder eine Pizza bestellen."

„Ja, das ist gut", meinte Thilo und drehte den Wasserhahn der Badewanne auf.

Henry redete draußen weiter. Thilo verstand ihn nicht mehr. Das einlaufende Wasser war zu laut.

Mit seinem Zeh tippte er ins Wasser. Eigentlich war es zu heiß, aber er mochte es, wenn die Hitze in ihn drang und er müde wurde.

Sehr langsam glitt er in die Wanne. Als sie fast voll war, stellte er das Wasser ab.

Seine Hände schwebten. Er spürte die Oberflächenspannung des Badewassers an den Fingerknöcheln, die aus dem Quell der Ruhe herausragten.

Henry schien nicht mehr vor der Tür zu sein. Jedenfalls hörte Thilo ihn nicht mehr. Vielleicht telefonierte er mit dem Pizzaservice.

Thilos Speiseröhre brannte noch immer. Seine Erinnerung hatte sich darin verkantet und er konnte sich ihrer nicht entledigen. Manchmal war das auch früher schon so gewesen, dass die Bilder ihn gefangen nahmen und er nicht mehr vor ihnen entfliehen konnte. Dann hätte er sich am liebsten ertränkt, schaffte es aber nie.

Thilo tauchte unter. Vielleicht konnte er es jetzt durchhalten, bis die Ohnmacht einsetzte.

Der Schutz

Der Name der Polizistin war Julia und zu Hause trug sie einen weichen Pullover und ihre Haare hatten leichte Locken.

„Deine Oma schläft in der Pension. Sie muss noch hier bleiben, bis ich weiß, was vorgefallen ist. Haben Sie dich wirklich eingesperrt?"

Milena schüttelte den Kopf. „Ich wollte ans Meer und sie haben mich nicht hingebracht."

Sie nippte an einem Glas Saft und biss von einem Käsebrot ab. Ihre Füße mit den dicken Socken standen fest auf den sauberen Fliesen.

„Was hat denn dein Vater gemeint mit der Oma?" Sie lächelte und schob Milena den Käse über den Tisch.

Milena zuckte mit den Schultern. „Henriette kocht schlecht und sie macht einem so Stress. Man soll sie immer toll finden. Ich kenne sie noch nicht so lange."

Sie erzählte nicht, wie sie gesehen hatte, dass Thilo sich selbst mit einem Messer verwundet hatte. Julia musste nicht alles wissen. Sie sollte nicht denken, dass Thilo verrückt war.

„Eine miserable Küche ist nicht strafbar", lachte Julia, „Ich bin froh, dass du mit mir redest. Ich dachte schon, du magst mich nicht."

Milena zog die Beine auf den Stuhl und setzte sich auf ihre Fußknöchel. „Na ja, du bist ja ganz in Ordnung", stellte sie fest.

„Da bin ich aber beruhigt." Die Polizistin zog ihre Augenbrauen nach oben und lachte.

Das Monster redet

Thilo hatte es wieder nicht geschafft, in der Badewanne lange genug unter Wasser zu bleiben. Viel zu früh war er auch diesmal aufgetaucht und noch immer lebte er.

Angewidert von seiner Inkonsequenz stieg er aus der Wanne, nahm sich ein Handtuch und wickelte es sich um seine Hüfte.

Er sah sein Gesicht hinter einem Schleier von Kondenströpfchen, die sich auf der glatten Oberfläche des Spiegels niedergeschlagen hatten.

Verschwommen und unklar erschien sein Bild vor ihm. So wie sein weiterer Lebensweg vollkommen im Dunkeln lag. Was sollte er noch mit seinem Leben anfangen? Nichts konnte ihm mehr Ruhe geben. Er konnte nicht zurück in sein altes Leben, in die alte Wohnung, zu seinen alten Möbeln.

Henry klopfte an die Tür.

„Ich habe ein paar bequeme Sachen für dich gefunden. Die Hose ist mir zu groß, dann könnte sie dir vielleicht passen."

Thilo öffnete die Tür und nahm den dunklen Kleiderberg entgegen.

Henry lächelte für Thilo. So wie das Lächeln aussah, breit und mit besorgten Augen, war es nicht aus einem Glücksgefühl heraus. Es sollte eine Unterstützung sein für den offensichtlich unglücklichen Thilo, der die Lippen zusammenpresste und die Kleidung an sich nahm.

Henry erklärte: „Ich habe jetzt einfach Pizza bestellt. Magst du Pilze? Die kommt aus dem Nachbarort. Da gibt es so einen Lieferservice. Der hatte sogar offen. Hier ist das nicht immer so einfach, wenn die Touristen noch nicht da sind."

Es klingelte an der Tür. „Die sind aber fix. Das ist ja blendend", freute er sich, öffnete die Haustür und ging dem Pizzaboten entgegen.

Thilo holte sein Portemonnaie aus der Tasche seiner nassen Hose, die am Fußboden lag. Er wollte zumindest das Essen bezahlen, wenn er sich schon als sonderbarer Gast hier einnistete.

Barfuß und mit der zu kurzen Jogginghose trat er in den Flur hinaus.

Vor der Wohnung gegenüber stand ein kleiner Junge. Seine Hose hatte ein Loch am Knie und die lustige Figur auf seinem T-Shirt hatte einen Klecks Tomatensoße abbekommen.

Blonde Löckchen umrahmten sein rundes Gesichtchen. Seine großen, blauen Augen saugten seine Umgebung in sich auf.

„Das ist ja gar nicht Henry", zeigte er auf Thilo.

„Nein, ich bin hier unten", rief Henry atemlos die Treppe hinauf.

Er hatte die Pizzaschachteln schon in den Händen und stoppte nun vor dem Jungen, der seine Stupsnase in den Pizzawind hob.

Hinter dem Jungen kam eine Frau aus der Wohnung.

„Ist der Pizza-Service bei dem Sturm gefahren?", fragte sie Henry und zeigte auf die Schachteln in seiner Hand.

Der kleine Junge hüpfte nach oben. „Bekomme ich ein Stück?"

Die Mutter schüttelte den Kopf. „Das darf doch nicht wahr sein. Du hast gerade zu Abend gegessen." Sie beugte sich herunter, über ihren Sohn, ging in die Knie und setzte sich in die Hocke. Vergnügt rieb sie seinen Bauch. „Da passt doch gar nichts mehr hinein." Sie nahm ihn in den Arm und drückte ihn fest an sich. Dabei schloss sie die Augen und lächelte.

Thilo beobachtete ihr Lächeln und auch alles andere ganz genau. Die Mutter hatte ausgestellte Hosenbeine und war barfuß. Ein schwarzer Rollkragen lag eng an ihrem Körper. Die Hose war an der Hüfte zu eng und drückte eine Fettwulst über den Bund, die der Pullover nur zur Hälfte verdeckte.

Das erinnerte Thilo an die Miederunterwäsche seiner Mutter. Ihre breiten, hautfarbenen Miederunterhosen, über die sich der Teil Bauchfett, der sich nicht vollständig bändigen ließ, herausdrückte.

Aus der kristallinen Verhärtung, die ihn gefangen genommen hatte, seitdem er diese Szene beobachtete, brach er mit Gewalt aus. Wie in Zeitlupe bewältigte er mit zwei großen Schritten die kurze Entfernung zur Nachbarwohnung.

„Lassen Sie das Kind los!", rief er und griff nach der Mutter.

Grob riss er an ihrem Arm und sie kippte aus der Hocke nach hinten weg.

„Sind Sie verrückt geworden?" Hektisch richtete sie sich vom Boden wieder auf.

Der Junge weinte und versteckte sich hinter ihren Beinen.

Henry hatte Tränen in den Augen. „Tut mir leid, meinem Freund geht es nicht gut."

Die Mutter nahm ihren Sohn auf den Arm, der sein Gesicht an ihre Schulter drückte. „Das glaube ich auch. Wie kann man ein Kind so erschrecken? Sie Monster", sagte sie entsetzt und verschwand mit ihrem Sohn in der Wohnung.

Thilo starrte auf seine Hände. Er jagte kleinen Kindern Furcht ein. Er war ein Monster geworden durch sein Wissen. Nie wieder konnte er mit diesem Wissen zurück in seine Werkstatt, um sich einzuschließen, um sich vor der Welt zu schützen und die Welt vor ihm.

Henry presste die Hände um die Pizzaschachteln, dass seine Fingerknöchel weiß hervortraten.

„Was ist denn los mit dir?"

Zum ersten Mal wartete Henry die Antwort von Thilo ab.

„Sie hat ihn angefasst, einfach gedrückt. Das darf sie nicht gegen seinen Willen."

Henry schüttelte den Kopf. „Lass uns in die Wohnung gehen."

Er ließ Thilo vorausgehen und zog die Tür hinter sich zu. In der Küche ließ er die Kartons mit den Pizzen auf den Tisch fallen und setzte sich.

„Wieso denn gegen seinen Willen?", fragte er fassungslos.

„Das ist doch so." Thilo gestikulierte mit seinen Armen. „Die Kinder verstehen überhaupt nicht, was ihnen angetan wird. Sie haben keine Ahnung davon, warum sie sich erbärmlich fühlen und dann in der Pubertät, wenn sie dann verstehen, was es mit dem Anfassen auf sich hat und dass es nicht normal ist und nicht gut ist, können sie es trotzdem nicht abstellen. Und wenn es dann endlich aufgehört hat, bleibt es in einem, in jeder Faser des Körpers ist es tief verankert, auch wenn man es vergisst."

Henry griff sich in die Haare und krallte sich darin fest. „Wovon redest du? Sie hat ihren Sohn in den Arm genommen, weil sie ihn liebt. Außerdem machen so was doch nur Männer."

Thilo schluckte hart und trocken. Musste er es endlich aussprechen? Jemanden ins Vertrauen ziehen? Er sollte es in die Welt hinausbrüllen, vielleicht könnte er damit ein anderes Kind retten.

Doch der Donner, der die Welt erfüllen sollte, war zuerst nur ein stockendes Sprechen.

„Meine Mutter hat mich als Kind missbraucht."

Henrys Gesicht verlor Farbe. Es kamen keine Worte über seine Lippen, bis er nach einer Minute zum ersten Mal das Wichtige sagte, was er immer verschwiegen hatte, obwohl er sein Leben lang viel zu viel geredet hatte.

„Ich dachte damals, du wirst zu Hause geschlagen, aber niemand hat etwas unternommen. Meine Eltern wollten sich nicht einmischen und die Deutschlehrerin ... Weißt du noch? Sie hat dich immer aufgerufen und dachte das, sei nett. Sie wollte nicht ohne Beweise solche Verdächtigungen anstellen. Das würde der Kinderarzt sehen, wenn es so wäre, meinte sie." Henry sah Thilo an. „Jetzt verstehe ich, warum du nie etwas gesagt hast."

Thilo wurde angenehm warm und schwindlig. Henry verstand ihn, hatte sich schon in Kindertagen Gedanken über ihn gemacht und hatte ihm helfen wollen.

Das Gefühl von ehrlicher Zuneigung überrollte Thilo. Er musste sich setzen. Wie ein schwarzer Nebel entstieg ein Teil seines Misstrauens gegen alle Menschen und sich selbst. Sollte es doch möglich sein, zu vertrauen?

Traurigkeit stieg in ihm hoch. Die verpasste Kinderfreundschaft mit Henry bereute er zutiefst und selbst Milena hatte er auf Abstand gehalten.

Er sagte zu Henry: „Dir ging es auch oft nicht gut."

Henry nickte und strich sich eine Träne von der Wange.

Er griff nach dem Karton und bot Thilo ein Stück Pizza an. „Jetzt ist sie kalt", meinte Henry und nahm sich selbst auch ein Stück.

„Um mich herum ist es warm." Thilo lächelte.

Der Mut des Löwen

Thilo wachte auf der Couch auf. Die zu kleine Jogginghose war ihm hoch in die Knie gerutscht. Er setzte sich auf und strich seine Haare glatt. Er und Henry hatten noch die halbe Nacht gesprochen, über sich, über früher und über heute.

In der Küche röchelte eine Kaffeemaschine die letzten Wassertropfen in den Filter. Thilo folgte dem Kaffeeduft.

Henry schmierte am Tisch Vesperbrote. „Ich muss gleich los", meinte er. „Wenn du möchtest, kannst du hierbleiben und dich ausschlafen. Am späten Nachmittag bin ich wieder da."

„Ich muss weiter", antwortete Thilo. „Ich schreibe dir meine Telefonnummer und meine Adresse auf und wenn du willst, kommst du mich besuchen."

„Schade, ich dachte, du bleibst noch ein wenig."

Henry lächelte wehmütig, klappte seine letzte Scheibe Brot in der Mitte zusammen und verpackte alles in eine Vesperdose.

„Mal sehen, ob die Schüler mir heute zuhören", verabschiedete er sich.

Henry war unten aus der Haustür gegangen und winkte Thilo zu, der auf dem Balkon stand. Die Sonne schien heute Morgen. Durch die Blätter einer imposanten Buche sah Thilo seinem Freund nach, bis Henry um die Ecke bog.

Der Baum stand vor dem Balkon und ein dicker Ast war in Reichweite. Thilo holte aus der Küche ein Brotmesser.

Mühsam sägte er damit. Noch hatte die Buche lediglich ein paar Triebe und Knospen, die darauf warteten, sich zu entfalten, doch die Kraft des Frühlings steckte schon in den zähen Fasern des feuchten Astes.

Thilo schwitzte, sägte, wütete regelrecht, bis nur noch von ein Stück Rinde Baum und Ast zusammenhielt. Die Rinde riss Thilo ab und zog den Ast mit seinen Verzweigungen auf den Balkon. Er betrachtete das mit dem groben Sägemesser malträtierte Holz. Da war es wieder, sein liebstes Material.

Thilo entschied, ein kleines Tierchen zu schnitzen. Dazu holte er sich ein Gemüsemesser, entfernte Zweige und Rinde. Dann sägte er ein handbreites Stück von der dicken Seite des Astes.

Er betrachtete das rötliche Holz, die Maserung, strich über die leicht feuchte, glatte Oberfläche. Dann begann er, Späne abzuschnitzen.

Immer wieder hielt er das Holzstück gegen die Sonne und drehte es. Thilo schnitt Kurven und Kerben in das Holz. Pustete die kleinen Späne auf den Balkonboden. Mit seinen Händen strich er immer wieder über die Oberfläche. Sie hatte Berge und Täler und raue Stellen.

Er schnitzte so lange, bis er einen kleinen Löwen herausgearbeitet hatte. Seine Finger schmerzten, aber der König der Tiere blinzelte stolz in die Sonne.

Wie eine kostbare Krone trug er das hölzerne Raubtier durch die Wohnung auf den Flur.

Er klingelte bei Henrys Nachbarin.

Hoffentlich waren die Mutter und ihr Sohn zu Hause, dachte Thilo. Da hörte er schon die Schritte der jungen Frau. Wahrscheinlich sah sie durch den Türspion und überlegte, ob sie öffnen sollte. Sie sagte zu ihrem Sohn, er sollte sein Frühstück in der Küche zu Ende essen.

Erst dann öffnete sie die Tür und behielt die Klinke fest in der Hand.

„Was wollen Sie?"

„Es tut mir leid wegen gestern Abend. Ich habe etwas aus meiner Vergangenheit gesehen, was mit Ihnen und Ihrem Kind nichts zu tun hat." Er streckte ihr den Löwen entgegen. „Für Ihren Sohn."

„Haben Sie das selbst geschnitzt?"

Sie nahm das Holztier und betrachtete es. Dann rief sie ihren Sohn.

Zuerst kam er freudig angerannt, doch als er Thilo sah, versteckte er sich hinter den Beinen seiner Mutter.

Die Frau gab Thilo den Löwen zurück und drehte sich zu ihrem Sohn um.

„Das ist der Mann von gestern Abend. Er ist nicht böse. Er hat nur selbst manchmal Angst. Deswegen hat er gedacht, du bist in Gefahr. Es tut ihm leid, dass er dich erschreckt hat. Er hat dir als Entschuldigung ein Geschenk mitgebracht."

Thilo beugte sich herunter. Zaghaft hielt er dem Jungen, der sich ein bisschen hinter den Beinen hervorwagte, die Holzfigur hin. Er zitterte und der Junge schnappte den Löwen und versteckte sich wieder, aber das Raubtier sah er sich genau an.

Thilo nickte der Mutter zu. „Ich muss zu meiner Tochter."

„Schnitzen Sie ihr auch so einen mutigen Löwen." Sie lächelte.

Der kleine Junge wagte sich einen Schritt vor und hielt sich an der Figur fest. „Der Löwe darf in meinem Zimmer wohnen", sagte er.

„Das wird ihm gefallen", antwortete Thilo.

Thilo konnte noch nicht gleich Milena auf der Polizeistation abholen. Zuerst musste er zu seiner Mutter.

Durch die blankgeputzten Scheiben der kleinen Pension sah er schon Henriette ihren Morgenkaffee trinken. Ihre Mundwinkel hingen tief und ihre trüben Augen blickten ins Leere.

Die Glöckchen läuteten, als Thilo die Tür zum Café öffnete. Henriette sah auf. Er setzte sich zu ihr.

Sie fragte sofort: „Möchtest du auch einen Kaffee trinken? Die haben hier auch richtige Sahne."

Thilo hielt sich am Tisch fest. Er spürte an seinen Daumen die Löcher in der Häkeldecke. Seine Fingerknöchel traten weiß hervor.

Er räusperte sich kratzig.

„Warum hast du es getan?", fragte er ohne zu schreien, ohne eine dramatische Betonung. Die Worte waren flach.

Klappernd stellte Henriette ihre Tasse auf den Unterteller, dann legte sie ihre Hände in den Schoß. Eine umklammerte die andere. Sie schlug ihre Augen nieder.

„Ich war so allein. Dein Vater hat sich nach deiner Geburt nicht mehr für mich interessiert und dann hat er uns verlassen. Er hat sich umgebracht."

„Was? Du hast doch immer gesagt, er wäre weggegangen."

„Nein, er hat mich verlassen, wie meine Mutter, wieder war ich ganz alleine. Da warst nur noch du." Sie hörte auf zu reden und sah zur Seite.

Thilo beobachtete sie.

„Was war mit Opa? Du warst doch nicht alleine."

„Er war so kalt. Ich durfte ihm nicht zu nahe kommen." Henriette seufzte, in ihren Augen standen Tränen.

„Du machst es besser als ich. Kümmere dich um Milena." Ihre Hände mit der fleckigen Haut bewegten sich heraus aus ihrem Schoß. „Wirst du mich anzeigen?"

Thilo rückte mit seinem Stuhl von ihr weg. „Ich weiß nicht."

„Das darfst du nicht. Ich überlebe das nicht."

Sie stieß die Tasse um. Der hellbraune Kaffee floss über den Tisch und tränkte die weiße Klöppelware. Ein Fleck ruinierte das filigrane Gewebe für immer.

Thilo bohrte seine Fingernägel in seine Handballen.

„Ich muss jetzt Milena abholen."

Er floh, anders konnte er es nicht bezeichnen. Der Stuhl, auf dem er gesessen hatte, fiel nach hinten. Er hob ihn nicht auf, sondern lief einfach davon. Das Türglöckchen hörte Thilo noch hinter sich läuten. Es wurde immer leiser, seine Schritte immer lauter. So einfach konnte er Henriette nicht hinter sich lassen. Sie war ein Teil von ihm.

Die Freiheit

In der Polizeistation lehnte Milena gelangweilt mit dem Oberkörper auf dem Tisch. Ihr Kopf lag seitlich auf den langgestreckten Armen. Orange leuchtete ihr Haar auf dem schwarzen Pullover.

„Da bist du ja. Sie lässt mich ohne dich nicht raus." Sie hob den Kopf an.

Die Polizistin stand hinter ihr. Sie hatte die Haare wieder zu dem strengen Zopf zusammengebunden.

„So lange Sie mir nicht sagen, was vorgefallen ist, muss ich das Jugendamt informieren. Dort bekommen Sie einen Termin und die Auflage mit einem Psychologen zu sprechen."

An eine Therapie hatte Thilo auch gedacht. Aber er musste nicht über Milena sprechen, sondern über sich. Jemanden brauchte er, der ihm half, mit seiner Erinnerung klar zu kommen, wenigstens so, dass Thilo für Milena da sein konnte.

Er nickte nur, sagte nichts. Henriette wollte er nicht anzeigen. Vielleicht später, er wusste es noch nicht. Vielleicht war es auch schon verjährt. Zu lange her, um noch eine Schuld begleichen zu müssen, um noch die

Gesellschaft vor einer alten Frau schützen zu müssen.

Oder ging es darum, dass die Leiden eines Kindes nur ein paar Jahre wichtig waren und danach nicht mehr? Musste ein Erwachsener darüber hinweggehen, was ihm als Kind angetan worden war? Die Angst, der Schmerz, die sein Leben unwiederbringlich für so viele Jahre genommen hatten. Seine Kindheit, seine Ehe mit Vera, Milena, sein Mädchen, das alles hatte er durch einen dunklen Schleier erlebt, der ihm die Sicht auf das Glück des Lebens nahm.

Egal, was irgendjemand von außen über eine Bestrafung von Henriette dachte, wollte Thilo nicht länger in ihrem Kummer verharren, den er so viele Jahre mit ihr getragen hatte.

Milena holte ihre Jacke aus ihrer Reisetasche und zog sie über. Sie sah Thilo nicht an, er dafür sie ganz genau.

„Willst du mitkommen?", fragte er. „Mit ans Meer?"

Endlich sah er wieder das Strahlen in ihrem Gesicht, wie damals, bevor sie von zu Hause ausgezogen war. Als er ihr noch vorgelesen und sie noch mit Frido gespielt hatte.

Wärme durchströmte ihn und hüllte ihn ein, für einen kurzen Moment, flüchtig und doch so beeindruckend, dass eine Ahnung an Thilo haften blieb. Die Idee, wie das Leben auch sein könnte.

Milena lief voraus. Die Polizistin sah ihr besorgt nach, doch das Mädchen blickte nicht zurück. Ihre Haare flogen, sie rannte mitten auf der Straße.

„Ich danke Ihnen", sagte Thilo zu der uniformierten Beamtin.

„Ihre Tochter mag sie. Ich weiß nicht, was gestern los war und warum sie von Zuhause weggelaufen ist, aber es war nicht, weil sie ein schlechter Vater sind. Da bin ich mir sicher."

Thilo war ergriffen. Die Polizistin hatte sein Herz gestreichelt. Er lächelte ihr zum Abschied zu und eilte Milena nach.

Sie kannte den Weg zum Strand.

„Ich kann es schon die ganze Zeit riechen", hörte er sie rufen.

Er atmete tief ein, doch seine Lunge erkannte die Meeresluft nicht. Für ihn war die See weiter entfernt und er wurde sonderbar langsam, je näher er kam. Je dichter sein Ziel rückte, desto träger wurden seine Schritte.

Thilo konnte den Deich sehen und wie Milena die Stufen hinauflief. Er kam schwerfällig hinterher und machte oben eine Pause.

Auf dem Deich spürte er die leichte Brise und beobachtete Milena, die schon fast am Wasser angelangt war.

Die ruhigen Wellen glitzerten in der Sonne. Thilo stapfte die Düne hinunter auf das Meer zu. Er zog die Schuhe aus, spürte den feinen Sand zwischen seinen Zehen. Seine Fußsohlen sanken in den weichen Untergrund. Mit jedem Schritt floss ein wenig von seiner Lebensangst in den Boden ab. Die Sonnenstrahlen stärkten Thilos Zuversicht.

Milena rannte am Ufer entlang. Sie hatte ihre Hosenbeine hochgekrempelt. Die Ausläufer der Wellen umspülten ihre Waden und spritzten ihre Jeans nass. Das Mädchen lachte und warf die Arme hoch.

Thilo ging nicht bis ganz nach vorne und steckte nicht seine Zehen ins Wasser. Er wartete auf Milena und freute sich, dass sie sich so frei fühlte.

Die Sonne stand hoch über dem Meer, als Milena sich neben Thilo setzte. Sie atmete tief ein und aus.

Er sah zu ihr hinüber. Wassertropfen perlten von ihren Beinen. Ein wenig Sand klebte an ihrer Wange. Seine Hand lag ruhig neben ihm. Sie legte ihre Hand auf seine. Ihre Haut fühlte sich warm und weich an.